CAVALO DE TERRA

CAVALO DE TERRA

OTAVIO LINHARES

MOINHOS

Edição: Camila Araujo & Nathan Matos

Assistente Editorial: Karol Guerra

Revisão: Ana Kércia Falconeri

Capa: Sergio Ricardo

Projeto Gráfico e Diagramação: Luís Otávio Ferreira

Nesta edição, respeitou-se o Novo Acordo Ortográfico da Língua Portuguesa.

Dados Internacionais de Catalogação na Publicação (CIP) de acordo com ISBD

L755c

Linhares, Otávio

Cavalo de terra / Otávio Linhares. - Belo Horizonte : Moinhos, 2021.

156 p. ; 14cm x 21cm.

ISBN: 978-65-5681-059-1

1. Literatura brasileira. 2. Romance. I. Título.

2021-1173   CDD 869.89923   CDU 821.134.3(81)-31

Elaborado por Vagner Rodolfo da Silva - CRB-8/9410

Todos os direitos desta edição reservados à Editora Moinhos

www.editoramoinhos.com.br

contato@editoramoinhos.com.br

Facebook.com/EditoraMoinhos

Twitter.com/EditoraMoinhos

Instagram.com/EditoraMoinhos

"Leve, leve, muito leve,
Um vento muito leve que passa,
E vai-se, sempre muito leve.
E eu não sei o que penso
Nem procuro sabê-lo."
Alberto Caeiro
Canto XIII d'O Guardador de Rebanhos.

para pai, mãe e irmã.

1

PLAW! um barulho enorme de coisa quebrando lá embaixo. saio do sótão correndo e no meio do caminho trombo com o joão e com o tomás. são meus dois irmãos. o joão é o mais velho. e o mais besta. o tomás é o do meio e não tá nem aí pra nada. diz que não vai fazer faculdade porque não precisa saber dessas coisas pra ganhar dinheiro. sempre que discute com a mãe ele bate no peito e fica mexendo os bracinhos feito rapper dizendo eu tenho dezesseis anos e posso me virar vendendo minhas paradas! o que ele chama de minhas paradas na verdade são as paradas dos outros. por enquanto são pequenos furtos. boné bicicleta tênis relógio e uma vez ou outra maconha que eu tô ligado. achei nas coisas dele uma vez e ele me deu um tabefe e mandou não contar pra mãe senão me arrebentava. ele rouba e revende. a piazada do bairro chama ele pelas costas de robás. descemos as escadas correndo e antes de chegar na sala já dá pra ver a vó caída por cima do prato de comida. vixi! a vó apagou! diz o joão. vai chamar o pai! para de gritar comigo! penso. vai logo porra! e me empurra. a gente tava os três agachados vendo a vó caída e quando ele me empurrou perdi o equilíbrio e caí pra trás e bati a cabeça na parede PLAM! quase que derrubo o vaso da mãe. aí eu tava fodido mesmo. os dois ficaram me olhando e não fizeram nem falaram nada. idiotas. ficaram ali parados tipo essas placas de estacionamento que ficam lá nas esquinas paradas cabeçudas nem aí pra vida como se algo de muito normal tivesse acontecido e não precisassem esboçar nenhuma reação. ficaram parados tipo dois bostas como se a culpa fosse minha. ficaram parados olhando. olhando. eu odeio vocês. penso. doeu pra caralho só que não falei nada. se o pai tivesse ali ia ser diferente. levantei e saí correndo. na cabeça do joão eu sei o que passou porque ele é o tipo de idiota narcisista.

o que é narcisista? que só pensa em si mesmo e nas gurias que ele pode dar uns beijos e nas roupas dele e no cabelo dele e no perfume dele e. merda! vou me atrasar e não vou conseguir pegar a lu na saída da facul. ela vai ficar de cara. foi isso que ele pensou. idiotão. se tivesse preocupado com a vó não ficava me olhando com essa cara de poste. só que não consegue né? pensar em si mesmo é mais forte do que pensar na vó. o tomás não. o tomás ficou me olhando assim travado porque tá chapado. cada pensamento dele leva uma década pra se completar. ele tá viajando. aí fica meio abobalhado e trava nas coisas. às vezes acho que a mãe e o pai gastaram tudo o que tinham no joão e ele veio assim se achando todo todo e aí na vez do tomás não sobrou nada. tava todo mundo fraquinho e só deu pra fazer isso. eles têm dois anos de diferença. por isso acho que a galera ainda não tava recuperada do trabalho que deve ter sido fazer o joão. pra mim acho que veio meio a meio. um pouquinho de cada. como a diferença de idade é maior imagino que deu tempo de descansar um pouco. e tem a experiência também. já fizeram dois então já conhecem os atalhos. tipo naquele programa de tv que passa de manhã e que às vezes eu vejo quando mato aula e não tem ninguém em casa. é um programa sobre como criar sua criança em algumas lições. é meio bizarro mas é engraçado. esses dias a mulher tava contando que no primeiro filho ela se economizou ao máximo. disse que fumava e bebia antes de engravidar mas que na primeira gravidez ela não encostou num cigarro nem num copinho de cerveja até terminar a amamentação. e isso foi até os dois anos da criança. uau! nossa! como você consegue amiga?! as mulheres no programa ficaram todas espantadas. imagino que deve ser bem foda ficar sem beber e fumar. aí ela começou a contar da menina que veio depois. disse que já amamentou menos e que com seis meses a bebê já comia comida de gente e que já ficava sozinha com o irmão mais velho enquanto ela ia rapidinho na mercearia que é do outro lado da rua comprar o quê? cigarro e cerveja. a plateia ficou espantada com ela mas aí ela disse que se você não for amamentar nas oito horas seguintes até que pode dar uns golinhos. mas e o cigarro? as pessoas ficaram cochichando. umas achando meio bizarro e outras achando que até que o que ela tava dizendo tinha um fundinho de razão. aí na sequência a apresentadora foi fazer uma pergunta e a mãe toda empolgadona com a repercussão na plateia começou a contar do terceiro filho. ah! com o carlinhos eu já amamentava com a tacinha de vinho na mão. e hahaha! mal terminou de falar já tava se cagando de rir. aí umas pessoas na plateia riram também. acho que de nervoso. a apresentadora nessa hora ficou com cara de nuvem. era a diretora do programa berrando no ponto chama os comerciais! chama os comerciais! tem dias que eu fico olhando no espelho e acho que o meu queixo veio do meu pai e que os olhos vieram do meu vô pai da minha mãe e a cor dos olhos da minha vó mãe do meu pai e o nariz veio da mãe. já tentei montar o quebra cabeças do meu corpo várias vezes só que ainda não consegui terminar. certeza que sou filho dessa família. só não sei de quem. subo as escadas correndo bem louco com raiva dos meus irmãos. não sei o que me deu. ao invés de ir lá chamar o pai pra acudir a vó acabei indo pro sótão e me tranquei lá. a vó tinha isso de desmaiar de vez em quando. acontecia duas três vezes por semana. já tava dando no saco ficar cuidando dela só que o pai era o único filho que ainda tava vivo ou que não tinha sumido e acho que ele gostava de verdade da mãe dele. de verdade mesmo. acho que ele não tava cuidando dela só porque ela tava velha e a gente não tinha dinheiro pra enfiar ela num asilo. era amor. junto com o pai havia mais seis irmãos. sete homens. cê acredita? a vó e o vô só sabiam fazer piás. e tudo com nome da igreja. o pai conta que quando a bolsa estourava a vó ligava o radinho e o primeiro nome que o pastor dissesse era o nome que ela dava pro piá que ia nascer. o vô achava isso meio palha mas ok. a única condição era a de que não houvessem nomes repetidos. hahaha! já pensou sete marcos?! ia ter marcos pra caralho na rua. como é que eles iam fazer na hora de separar os times na pracinha? e de dar apelidos? hahaha! ia ser massa. marcos aurélio. marcos vinícius. marcos paulo. marcos marcos. marquinhos. marcão. marcola. ou então marcos um. marcos dois. marcos três. marcos quatro cinco seis sete. hahaha! ia ser muito palha. por ordem de nascimento eles se chamam antônio josé joão levi paulo mateus e marcos. meu pai é o do meio. o que mais gosta da vó. ele sempre diz que tinha um carinho especial por ela quando era menor e que sempre que podia ficava agarrado nas pernas dela enquanto ela cozinhava. não que ela gostasse. a vó não dava muita bola pra piazada. acho que ela gostava mesmo era dos cachorros. tava sempre com eles pra cima e pra baixo. tinha uns cinco que eram dela só que sempre apareciam uns perdidos que entravam na casa e depois sumiam. era uma espécie de hotel pra cães a casa da vó. e ela falava com alguns deles. não com todos. só com os especiais. com os que moravam com ela e dormiam no quarto e tinham colchão e prato de comida e água individuais. eram chiques esses aí. com eles a vó lia os salmos e trocava altas ideias sobre gastronomia. geralmente os almoços da semana eram discutidos com seus cachorros favoritos. ela propunha algumas coisas e eles opinavam se sim ou se não. um latido era sim. dois eram não. no fim de semana era diferente. o fim de semana era pra almoçar com a família e aí ela não gostava de misturar as coisas. seus dotes culinários eram para os cães. meus dotes culinários são para os meus cães! o almoço do fim de semana vocês que se virem! resmungava dando as costas pra galera e sumindo lá pra dentro pra ouvir o pastor no radinho da igreja. aí no domingo geralmente era o vô que resolvia ou a filharada que acabava se juntando e fazia um churrascão lá na casa deles. vai ver que é por isso que os filhos nunca deram muita bola pra ela. a vó gostava mesmo era dos cães. tinha um que se chamava thor. era o preferido dela. um pastor alemão marrom com preto. o pai tem uma foto da vó com um dos filhos do joão e o cachorro.

era bonito o thor. tinha um carro na foto. acho que era o carro novo do joão. um carro azul. a vó e o primo tão na frente dele olhando pra pessoa que bateu a foto. o thor não. o thor tá olhando pra lá. pra direita deles. porque será? olho atrás da foto pra ver o que ele tá vendo e tem uma revoada de pássaros passando na frente da casa que deve ser a casa do vô e da vó e o vô tá encostado na cerca conversando com um cara que eu não reconheço. o vô quer saber quanto ele quer na rural dele. acha um pouco caro e pede pra pagar em algumas vezes. diz que conforme ele for usando no trabalho ele vai ganhando dinheiro e aí vai pagando as parcelas. eba! o cara aceita. eles se cumprimentam. massa! o vô por um tempo vai trabalhar com transporte escolar. mas não é pro vô que o thor tá olhando. ele tá vidrado olhando pra alguma coisa que eu não consigo ver o que é. os olhos apaixonados e úmidos. o céu tá azul azul azul de um jeito que só acontece na nossa cidade. então o carro não é do meu tio. é desse cara aí que tá vendendo a rural pro vô. entendi. quando olho pra quem tá na câmera batendo a foto fica tudo escuro. quando o thor morreu a vó chorou. foi a única vez que vi a vó chorar. ela pôs ele num carrinho desses de supermercado e foi até a esquina no terreno baldio. ninguém falou nem fez nada. ficaram só olhando a vó sair com o bicho. não era muito longe mas ela levou uma hora pra chegar lá e depois que chegou ainda ficou lá parada do lado do carrinho um tempão olhando pra ele. os óculos embaçados. tadinha da vó. queria ter podido dar um abraço nela nessa hora. ela deu uma respirada funda e suspirou como que se por algum motivo tivesse entendido mais um dos segredos da vida. não era seu primeiro enterro. também não eram sete irmãos. e eu também não vi a vó chorar. eu nem tinha nascido! gosto de falar assim porque parece que eu tava lá e aí quando eu conto todo mundo acredita. é mais fácil assim. eram oito filhos. meu pai mais sete. tinha o davi também. esqueci de falar. é que não conheci o davi. o pai fala que ele era cheio de problemas de saúde e que morreu muito novo de uma doença que não tinha cura. ele tinha dezesseis anos quando morreu. então o pai tinha sete. faço as contas e é por aí. o pai tinha de sete pra oito anos. a vó pegou o thor com todo o carinho do mundo e com muito cuidado foi pondo ele no chão. passou a mão na cabeça dele. como você é bonito. ela pensou. tirou uma colher do bolso e devagarinho começou a cavar um buraco. aí do nada começou a cantar

boi boi boi
boi da cara preta
pega esse menino
que tem medo de careta

ela botou o davi no buraco. deu um beijo nele. cobriu com terra. secou os óculos mais uma vez. fez o sinal da cruz e voltou pra casa. uma semana depois começou a feder pra caralho. então o joão o josé e o paulo foram lá e desenterraram o cachorro. esses três são uns filhos da puta. o pai sempre fala esses três são uns filhos da puta! faz um tempão que o pai não vê eles. cavaram de novo o buraco e encheram de gasolina que tinham roubado da rural do vô e tocaram fogo no que tinha restado do cachorro. a vó nem ficou sabendo. de vez em quando ela vai lá levar flores. se ajoelha e resmunga a musiquinha duas três vezes e vai embora. a mãe sempre fala que o que os olhos não veem o coração não sente. será? mas o vô nem tinha a rural ainda. ou tinha? acho que já né?! da onde esses piás tiraram essa gasolina? pelo menos o cheiro de carniça sumiu. esses três aí resolveram fugir do país uma vez. juntaram uma grana vendendo todos os eletrodomésticos da vó e se mandaram. venderam tudo o que dava pra botar na tomada. a vó chegou de viagem do retiro da igreja numa segunda-feira e não tinha mais nada na casa. só uma cartinha em cima da mesa. aí o pai falou esses três são uns filhos da puta!

cê tá loco! como é que a mãe vai ficar sem as parada dela?! dá
nada mano. tâmo indo pra américa porra! a gente chega lá e
arruma uns trampo e em duas semana tâmo com a grana pra
mandar pra mãe de volta e aí ela compra as parada dela de novo.
acho melhor a gente pegar no banco. que pegar no banco?! cê
é burro?! a gente cos nome tudo sujo na praça não consegue
nem pendurar um pão na conta lá no seu carlos! é porra! não
fala merda! e o antônio? nem fudendo! já emprestou dinheiro
pra gente umas dez vezes. a paula tá tão puta comigo que não
quer nem que as criança vão brincar lá em casa. eles ficam em
silêncio por um tempo olhando pro chão. as cabeças fervendo
de ideias. uma mais ridícula que a outra. são três perdedores e
o meu pai sempre soube disso só que nunca teve a coragem que
esses aí tiveram. fechado! fechado o quê? vâmo de geladeira e
máquina de lavar roupa e o que tiver por aí dando sopa. fo-
da-se! não tem mais volta. como assim não tem mais volta? são
as parada da mãe! ah! vai tomar no cu! vai tomar no cu você!
vai se fudê piá! cala a boca! cala a boca você! a mãe criou os oito
lavando tudo na mão e agora vai vir com esse nhé nhé nhé que
não consegue ficar duas semana sem os negócio dela!? que se
foda! os três ficam de pé. parece que vai rolar uma briga. eles
se fitam. cerram os punhos. um olha pro outro querendo partir
pra cima mas nessas olhadas acaba rolando uma cumplicidade.
eles ficam uns segundos nessa de se olhar pra ver quem tem coragem de abrir a boca primeiro e levar a culpa no futuro. então
o josé resmunga. é o único jeito. os outros dois se olham e num
tom de resignação acabam concordando. tá bom então. beleza.
eles relaxam os maxilares e se sentam novamente. eu tenho o
contato do cara que vai vir aqui com o caminhãozinho assim
que a mãe sair de viagem. pra onde ela vai? pro retiro. onde que

é? no lugar de sempre. quantos dia ela fica lá? o fim de semana inteiro. e como cê sabe que ela não volta nesse meio tempo? até hoje nunca voltou. um deles ainda quer se arrepender. o paulo é o mais novo dos três e entre eles é o mais chegado da mãe. ele tá com o cu na mão. gosta muito dela e sabe que esse papo de devolver em duas semanas é mentira. eles mal sabem se estarão vivos em duas semanas. eles vão atravessar por tijuana no méxico e um monte de gente já veio falar pra eles que milhares de pessoas já foram fuziladas pelas polícias da fronteira e que do lado dos estados unidos os caras têm até meta de fuzilamento pra cumprir porque dá bônus no salário. os caras ficam lá em cima do muro brincando de tiro ao alvo com a galera e apostando onde os tiros vão pegar. esses tempos uma cigana catou ele ali no centro e leu a mão dele mesmo sem ele querer. foi chegando e agarrando e já foi dizendo que uma viagem de emergência ia acontecer em breve pra três pessoas muito próximas e que uma delas ia ter de voltar às pressas e a cigana ainda tinha mais coisa pra falar só que ele cagou pra mulher e saiu dando as costas meio puto meio com medo e meio que pra se livrar dela. vaza cigana idiota! ele pensou. burro. se fodeu. se pelo menos tivesse olhado pra trás nessa hora teria visto que ela puxou a sua carteira do bolso. os outros dois são mais velhos e mais fanfarrões. tão nem aí. quer dizer. um pouco tão. mas é igual quando você toma dois copos de cerveja e a cabeça dá aquela amolecida e por alguns minutos nada mais importa. meu pai chama isso de lombra. já aconteceu comigo. eu sei porque já tomei cerveja escondido com a piazada lá na casa abandonada da rua da macieira e a cabeça fica assim mesmo. fica tudo mais maravilhoso e eu sempre acabo me esquecendo que tem a mãe pra me encher de porrada quando eu voltar pra casa atrasado umas duas horas. por isso ainda róla um silêncio antes dos três apertarem as mãos e se abraçarem. que deus nos abençoe.

3

Mãe
Perdoa os seus filhos.
A gente teve que vender umas coisas aí da casa pra juntar o dinheiro da viajem.
A gente promete que quando a gente chegar na América a gente manda tudo de volta para a senhora.
Fica com Deus.

João, José e Paulo

sem beijo. sem te amo. sem a mínima demonstração de afeto. bem a cara dos três. disse o pai amassando a carta e tacando em cima da mesa. esses três são uns filhos da puta! dramático que só ele. mas nessa hora ninguém que tava ali pensou isso do pai. tava todo mundo com muita raiva dos três que nem ligaram pro dramalhão dele. não lembro direito como foi que aconteceu tudo. um domingo a gente foi lá na vó e os quatro irmãos que sobraram tavam lá discutindo isso e aquilo e as crianças tinham de ficar lá fora brincando e aí quando entrei pra dar um beijo na vó e no vô reparei que a casa tava meio vazia e. não. não tinha o vô. quer dizer. acho que o vô já tinha morrido. sei lá. acho que tava só a vó então. putz! pior ainda. agora que me liguei. a vó ficou sozinha naquela casa sem os bagulhos dela enquanto a galera tava passeando nos estates com o dinheiro das paradas que eles venderam. que foda! realmente o mínimo que o pai podia fazer era cuidar da mãe dele. caralho! me esqueci! saio do sótão correndo e vou lá chamar o pai mas o pai já tá lá com meus irmãos e a vó já tá acordada no sofá tomando uma água com açúcar bem tranquila. que cê tá fazendo aí piá?! que merda! porque não foi lá chamar o pai quando eu mandei?! meu irmão mais velho vem berrando pra cima de mim. deixa ele joão! meu pai manda ele parar e ele para porque ele é o filho exemplar. besta! penso. ele fica me encarando como se quisesse arrancar meu fígado. vai idiotão! obedece o paizinho aí! lóque! penso. penso. e penso. porque se eu tivesse falado esse monte de coisas ele ia me estourar a cara e ia fazer eu catar meus dentes lá na pracinha. a vó olha pra mim e me dá um sorriso. ela tá ligada que eu tô ligado que ela tá ligada. boi preto conhece boi preto. tá de boa. sento no pé da escada e fico olhando pra eles. o joão acabou de fazer dezoito anos. não sei em que dia de março. acho que nove ou dez. ele gosta de falar que é ariano mas eu tô ligado que é peixes. só que uma vez ele leu na meteorologia do jornal que peixes é meio mongoloide esquecido e relaxado demais e que o signo de áries tinha não sei o que lá de a ver com marte que era deus do fogo e da guerra e que era o fodidão do céu e aí ele pegou essa pira pra ele e fica andando pela casa batendo no peito feito um gorila abobado se gabando pras gurias que ele leva lá sem a namoradinha dele saber porque se ela soubesse que depois que ele deixa ela em casa lá pelas oito da noite ele vai lá no pombal das gurias da rua de baixo fumar escondido e se mostrar grande grande exibidão porque se ela soubesse que sempre róla uns beijinhos que eu tô ligado que róla porque eu já vi uma vez que eu tava dando um rolê de bike sozinho de noite bem de boa curtindo um vento na cara porque tava bem quente nesse dia e não tinha uma nuvem no céu e a lua tava bem cheiona e bonita e eu vi ele e aí eu me moquei na esquina atrás de uma árvore e eles deram até beijo a três e se eu tivesse com a câmera do zoínho ia rolar altas fotos até pra publicar no jornal do colégio e acabar com essa faminha dele de bom rapaz porque se ela soubesse ela passava a cara dele com ferro quente e arrastava ele de moto pelado pelo asfalto lá da pracinha até a igreja porque se por um milhonénénénénénésimo de segundo ela sonhasse ou imaginasse ou viajasse que ele não voltou pra casa depois de deixar ela em casa meu deus nossa senhora já ia rolar umas cento e mil e quatrocentas surtadinhas diferentes e aí ela ia ficar ligando de cinco em cinco minutos até ele atender e dar a melhor e mais criativa desculpa do mundo que ela não ia acreditar porque não existe criatividade maior no universo capaz de sucumbir com a paranoia da cabeça humana mas pelo menos ia parar de ligar porque aí minha mãe e meu pai já iam estar putos pra caralho porque eles têm de dormir pra trabalhar de manhã cedo e o telefone não deixa eles descansarem e de algum jeito mágico que eu não sei explicar porque ia acabar sobrando pra mim. de algum jeito a culpa ia ser minha. ele acha que ninguém sabe que ele pula a cerca. manezão. umas três vezes já pensei em caguetar meu irmão pra ela só que chega na hora me dá um cagaço e aí fico quieto. ele é um gorila de forte. é grande bonito e todo mundo gosta dele. acho que nem é filho do meu pai. meu pai é meio atarracado e fortinho mas não tem aqueles ombros largos de nadador campeão olímpico. e o piá tem os olhos e o nariz da minha mãe. certeza que ele é filho da mãe mas não do pai. os adultos sempre falam do meu irmão mais velho com orgulho. o joão é o homem da família. o joão tem cabelo de homem. que sorriso lindo tem o joão! o joão se comporta como um cavalheiro. olha só o bração do joão! que muque! o joão passou em medicina. o joão tem uma namorada que é linda. o joão tem uma tatuagem massa. você sabia que a namorada do joão também passou em medicina? nooossaaa! o joão gosta de música clássica / o que tem a ver isso? / parabéns joão! aqui está o seu primeiro estetoscópio! olha o joão na televisão. olha o joão sendo gentil. olha o joão fazendo carinho num velhinho. olha o joão pintando o muro da casa do vizinho. olha o joão ajudando as pessoas necessitadas. ontem o joão consertou o chuveiro. na falta de um pai temos o joão! o joão nunca teve espinhas. olha o joão sendo joão. olha o joão isso. olha o joão aquilo. olha o joão ali. olha o joão aqui. nhé nhé nhé. mi mi mi. que saco! é o dia inteiro essa chatice de joão pra lá e joão pra cá PAM PAM PAM! batidas na porta de casa. PAM PAM PAM! corro lá pra abrir antes que alguém berre o meu nome e me mande que é só isso que as pessoas sabem fazer. abro a porta e tem uma multidão de pessoas enlouquecidas lá fora com bandeiras e faixas nas mãos gritando

JOÃO! JOÃO! JOÃO!
ÉS O REI DA CRIAÇÃO!

4

quando entrei no quarto do vô veio um cheiro ruim de. não
sei. um cheiro ruim de coisa morta. de coisa morrendo. dos
negócios que a minha tia irmã da minha mãe deixa na janela
fermentando. o que é fermentando? a cortina fechada. a janela
também. porque será? penso. que lugar claustrofóbico. o que é
claustrofóbico? não tem como uma pessoa viver aqui. a porta
que dá pro outro quarto está meio aberta e o barulho do rádio
mal sintonizado incomoda pra caralho com uns chiados estri-
dentes que parecem uma nuvem de gafanhotos. a vó mãe do
meu pai deixa o rádio ligado o dia inteiro numa rádio de deus
que ela adora com um copo de água na frente pra receber as
orações do pastor três vezes por dia. tem uma bíblia em cima do
copo que fica aberta sempre na página que o pastor manda. às
oito da manhã tem a primeira missa e aí acontece a benção da
água e ela bebe tudo e depois enche o copo de novo. depois de
tarde tem também e aí de noite antes de dormir. ela sempre diz
o corpo e a alma ficam fortes por causa dessa água abençoada.
olha o teu vô! ela aponta pra cama no quarto ao lado. nunca foi
na igreja comigo. não bebe. não fuma. sempre trabalhou direito
e ó como ele tá. deus que me perdoe sofrer desse jeito. ela diz
fazendo o sinal da cruz. se bebesse da minha água não ficava
assim! HUMPF! bufa e se cala por um instante. parece que por
um segundo alguma coisa falou com ela. seus olhos se fecham.
ela respira fundo. aí diz tá na hora do remédio. ela resmunga e
vai até a cozinha e começa a mexer nas coisas e abrir e fechar
portas fazendo barulho pra chamar a atenção. volto pro quarto
ao lado e meu vô pai do meu pai tá lá deitado com um monte
de tubos saindo do seu corpo. todos os buracos têm um tubo.
e ainda fizeram mais dois buracos pra pôr mais tubos. parece
um polvo. ele é a melhor pessoa do mundo. o cara mais legal da

terra. chego perto dele. pego sua mão. cadê o gorro que o vô te deu? ele pergunta. tá lavando. minto. quando você vem dormir de novo com o vô? a mãe disse que amanhã é sábado e que eu posso vir dormir com você. minto de novo. mas foi a mãe que mentiu pra mim e eu só passei a mentira adiante. mentimos juntos. somos uma família de mentirosos. tudo bem. ele diz quase apagando. o vô parece a nossa tv quando volta a luz depois de uma tempestade. fica indo e vindo. indo e vindo. indo e vindo. acompanho ele navegando mais um pouco. o senhor tem câncer. diz o médico. e já está em estágio avançado. de repente o vô pai do meu pai começou a ter dificuldades pra mijar. sentia uma dorzinha quando o xixi saía e não deu bola. aí começou a doer mais. e depois a doer pra caralho. aí acharam que era pedra no rim e ele foi no médico. fez um exame dois exames três quatro e. já tomou a bexiga e está no rim rumo ao fígado. a vó mãe do meu pai nem se mexeu na cadeira. até os pássaros e as árvores pararam por um tempo. pararam porque havia muito amor e respeito entre eles. os bem-te-vis sempre vinham até a janela do vô contar alguma coisa pra ele. são os mais fofoqueiros. ele dizia. devem ter duas línguas. e ria muito. as árvores já são diferentes. falam só o suficiente. sempre que você tiver uma dúvida encoste numa árvore bem alta e faça uma pergunta pra ela. as mais altas e grossas são as mais velhas. sabem tudo essas danadas. e me punha no colo perto da janela e apontava pra todas as coisas e dava nome a elas e me ensinava porque as coisas existem e qual o papel de cada uma delas no mundo. ele tinha um carinho especial com os pássaros. o nome do teu pai foi um bem-te-vi que deu. a gente não morava nessa casa. a gente morava num bairro lá longe e teus tios tinham saído pra brincar e a tua vó tava com a barriga explodindo pronta pra parir aí eu subi no quarto pra pegar umas coisas e um bem-te-vi muito bonito parou na janela e cantou pra mim é o levi! é o levi! é o levi! e era o teu pai que tava vindo. na mesma hora a bolsa da sua vó rompeu e fomos pro hospital porque ela não queria fazer o parto em casa. ela disse que o pastor falou que o nome dele ia ser moisés e eu falei tudo bem. fui lá registrar e pus levi. hehe! foi o único nome que eu quis de fato. o resto é da tua vó e do pastor. mas não foram os pássaros e as árvores que pararam. foi o vento. o vô olhou pela janela e percebeu que os cabelos das pessoas não estavam mais se mexendo e que ficou muito quente de repente. então ele abriu a janela e o vento pediu que ele tocasse a terra. ele encostou a mão na terra e um micélio veio e se enrolou em seus dedos e disse pra ele não se preocupar que tá tudo bem. ele se acalmou coçou a testa e disse humm. sentou de novo na cadeira do consultório e o que eu devo fazer doutor? perguntou ao médico já sabendo a resposta. ali ele já tava pensando em como anunciar isso pra toda família. o vô nunca foi de ir ao médico. ele gostava mesmo era da terra e dos bichos. sempre cagou pra medicina ocidental e cultivava um monte de coisas em todos os cantos da casa. ele sempre tinha uma dica de como fazer as coisas crescerem melhor. aí veio uma dor horrível pra mijar e a vó encheu tanto o saco dele que ele foi no médico. câncer. ele ficou estarrecido por um milésimo de segundo. depois passou. foi pra casa. reuniu todo mundo ao redor de uma fogueira como ele gostava de fazer quando queria contar uma história e tenho câncer. vou morrer em breve. levantou e foi pra dentro de casa. ficou todo mundo com os olhos arregalados. eles só tiveram filhos homens e essa coisa de homem não chorar naquela época fez com que todos ficassem apenas de olhos arregalados. o pai que é o mais sentimental e romântico de todos engoliu uma pedra e levantou correndo e foi lá pra dentro falar com o pai dele e o vô estava bem de boa vendo o noticiário da tv. teu time não ganha uma! hahaha! disse oferecendo uma xícara de chá pro meu pai. o pai ficou quieto. a vó entrou logo atrás. oito horas. vou beber minha água. por causa dela não fico doente. humpf! já teu pai… ela disse virando o rosto e sumindo lá pra dentro. dava pra ouvir o pastor aos berros abençoando a água da vó. o pai foi lá pra fora se despedir dos irmãos e aí fomos pra casa. o vô morreu em um ano. depois do enterro o pai foi dar uma volta pelo jardim do pai dele porque o vô não deixava ninguém entrar lá e encontrou no meio de uns pés de tomate alguns cogumelos. o pai riu. colocou um na boca e. melhor não. deixa pra lá. jogou na terra de novo. não comeu e nunca contou pra ninguém. e nem tinha o que contar porque uma semana depois a vó foi morar num outro bairro e a casa que era alugada foi abaixo. veio uma construtora que quebrou tudo e fez um prédio. aqui é assim. disse meu pai olhando um trator entrar no terreno. se não vira igreja vira estacionamento ou prédio. virou prédio. uma vez o vô me contou uma história sobre um tecido mágico que recobre a terra inteira e que vez ou outra sai com seu periscópio à procura de amigos. ele disse que se um dia eu topasse com um que guardasse ele com carinho porque a nossa vida depende dele. no final o desejo do vô de ser cremado e enterrado em seu jardim não foi respeitado pela vó e hoje o que restou dele / e dela também / está no jazigo 33 do cemitério.

5

hoje o céu está azul royal. disse a professora olhando pela janela. royal tipo a gelatina hein prôfe? perguntou o zé lá do fundo da sala já rindo e fazendo todo mundo rir. teu cu que é azul! pela olhada que ela deu pra trás tenho certeza que foi isso que ela pensou. é! royal da gelatina! respondeu bufandinho pelo nariz. sinal de indignação e saco cheio. faz três anos que a gente tem aula com ela. não sei como ela aguentou até aqui. de alguma forma os professores sempre acabam pedindo licença da nossa turma. dos oito meses de aula por ano acho que eles só dão cinco pra gente. isso quando não vazam de vez tipo aquela loira de matemática que travou um dia com o giz na mão olhando pra turma inteira. no começo a galera riu e tal. aí foi parando parando até que alguém se tocou que ela tinha travado. tipo estátua. ficou todo mundo olhando pra ela por um tempo e nada. aí uma guria abriu a porta e chamou a tia do corredor que já entrou xingando berrando que que tá acontecendo aqui?! ela tem uma voz de gralha e balança os braços pra cima e pra baixo feito um saco cheio de ar desajeitado. ela é bem engraçada. quando ela se tocou do silêncio perguntou rindo quem morreu? hahaha! riu sozinha. se fodeu lóque. pensei. aí que ela se tocou que a professora tava paralisada. que que cês fizeram pra moça? nada. resposta em coro. como nada?! olha como ela tá! aí foi uma mistureba de vozes tentando explicar o que tinha acontecido que no fim a tia não entendeu nada e ela mesma catou a mulher no colo e foi pra enfermaria. adivinha o que aconteceu? dois minutos depois tava lá o diretor babão na sala dando mijada na geral. e por fim tivemos aula de matemática com o próprio diretor. nem sabia que ele era de matemática. ele tem cara de ser professor de história. calça jeans com camisa de manga curta e gravata. nada a ver. falei merda. é de matemática mesmo. só pode ser. isso aí tudo que eu falei só que de tênis. não de tênis massa coloridão com linguona pra fora estilo de usar com calça jeans. de tênis palha de usar com calça jeans. um par de tênis de corrida desses que vendem nos camelôs do centro. sério? aham! e branco! branco?!?! jesus do céu! quem que veste esse homem? eu poderia dar um banho de loja nele. ai guria! nem fale! eu também! tem duas professoras que sempre reparam nele. que dizem que ele é bonito e tal mas que de tênis branco não dá! as duas ficaram comentando na hora do café dos professores. a de biologia e a de português. falaram umas coisas lá sobre o corpo dele e não sei o que e não sei que lá e depois na hora que elas foram guardar as pastas dentro de seus armários pra voltar pras aulas deu pra ver através dos olhos delas o armário do diretor e tava escrito

física

é verdade. ele tem mesmo cara de professor de física. só que a gente não tem aula de física. porque não? não sei. então ele veio e deu aula de matemática. entendi. nunca tinha visto a nossa turma tão quieta por tanto tempo. foi massa até. não pra sempre. só naquele dia. a professora teve de ser licenciada e nunca mais voltou. tivemos mais três meses de aula com o diretor babão físico não matemático que eu achei que era de história. foi bem foda mas pelo menos todo mundo passou em matemática naquele ano. a maioria da galera nunca ia bem em matemática. a piazada tava sempre de recuperação. os pais até começaram a achar que tinha a ver com a disciplina militar do diretor mas não tinha. essa coisa de militar só funciona com milico. e isso tá no sangue. não adianta bater no aluno. na real o que rolou foi que a galera ficou sabendo que o diretor tinha uma filha que vinha duas três vezes por semana no colégio esperar por ele. ela estudava num colégio particular / o pai defende o ensino público mas a filha dele estuda no particular / ali perto e eles almoçavam juntos nesses dias. então a piazada quis impressionar a guria através do diretor e estudou pra caralho. vai que ele elogia tanto a nossa turma que ela resolve querer conhecer a gente. sei que é viagem mas aconteceu. a gente ficava flertandinho com ela nas visitas mas ela nunca deu mole pra ninguém. e o pai dela também ficava mandando um olhar de assassino pra piazada e todo mundo se cagava de medo. parecia um bando de cachorro babando na frente daqueles frangos que ficam assando e girando girando girando nos açougues nos domingos. meu pai acha massa comprar esses frangos de vez em quando porque dá preguiça fazer almoço às vezes. televisão de cachorro. ele sempre fala. e ri depois sozinhão. o pai é meio bobo às vezes. aí já era fim de ano e essa guria foi lá no colégio na época da feira de ciências e adivinha quem tava concorrendo ao prêmio de melhor qualquer coisa que você faça desde que a professora de ciências ache o máximo? o meu grupo. por incrível que pareça. éramos quatro e a gente fazia tudo junto no colégio. tinha eu que não sabia fazer nada. só jogar bola. o johnny que é chamado assim porque era o galã pegadorzinho das meninas e um dia numa festa foi querer chegar numa guria mais velha e aí foi andando daquele jeito dele meio malemolente cheio de ginga e quando parou na frente dela perguntou qual teu nome? ela sorriu de canto de boca e disse ana. aí ele quis impactar falando que o nome dele era james dean porque a gente tinha assistido um filme no colégio com esse ator e o cara era todo bonitão e cheio de charme e andava de moto sem capacete no estilão cabelo penteado e óculos escuros e a professora falou que na época ele virou um modelo de rebeldia para os jovens e não sei o que e não sei que lá e aí ele foi chegar na guria bem no tipão imitador só que errou o nome do ator na hora e falou johnny be good que é a música que a gente sempre dança nas festinhas. hahaha! que burro! a guria sacou a bola fora e saiu dando risada. ele não entendeu nada e voltou ainda se achando o tal. ó o tipo dessa guria! aí alguém explicou pra ele e todos riram. ele quis sair na porrada mas não rolou. era muita gente rindo. foi embora putão. ficou uns dias de molho até voltar se achando tudo de novo. aí tem o salsicha que é o mais mongol estilo sonífero que nunca entende nada das paradas. a galera fala que os pais dele fumam muita maconha em casa e que por isso ele é assim meio lesadão. e tem o ique que é inteligente pra caralho e sempre salva a gente em todos os trabalhos e agora no projeto de ciências ele montou um braço mecânico sozinho. muito foda. a gente ficava lá só de pescoço obedecendo as ordens dele. ele mandava e a gente ficava buscando coisas o dia inteiro pra ele montar o troço. nosso projeto chamou a atenção do colégio inteiro. todo mundo queria ver o braço que se mexia só com cacarecos e pilhas. parecia um troço mutante mas funcionava bem. a professora deu dez pro nosso braço mecânico e ainda fomos pra final contra dois projetos e ganhamos. só que o mais legal foram as entrevistas que a gente fez. os projetos tinham uma parte teórica e como o ique tava lá se fodendo com a parte prática nós saímos fazendo o resto e entrevistando a galera fora do colégio. eu achava que ia ser uma merda ficar com o gravadorzinho na mão anotando o que as pessoas achavam da robótica e como a robótica poderia ajudar no desenvolvimento do país. só que foi o primeiro entrevistado abrir a boca e tudo mudou pra gente. estatisticamente descobrimos que 54% dos entrevistados não sabiam o que era robótica e que 60% do restante que julgava saber alguma coisa acabava dando uma resposta tão merda que a gente teve de criar uma categoria dentro das respostas chamada respostas merda. a professora até pensou em mudar a nossa pesquisa de ciências pra antropologia pedagógica só pra fazer um levantamento da qualidade do ensino de ciências no ensino fundamental do brasil mas ela falou isso viajando enquanto andava pela sala divagando sozinha e fazendo uns rabiscos no quadro verde. a gente começava com essas perguntas mas se a pessoa quisesse ficar falando a gente gravava tudo porque sempre saía alguma coisa muito engraçada no fim.

tipo um tiozinho lá que se empolgou falando de lampião a gás e
eletricidade e tv em cores e do telefone novo e do filho que tá na
faculdade e da tecnologia que muda a vida das pessoas pra melhor e do ônibus que agora vai até a porta da casa dele que in-
clusive eu não sento no banco enquanto tiver quente porque
pode ter algum tipo de doença. o quê?! ninguém botou fé quando ele soltou essa. aí o johnny perguntou como assim tio? eu
espero o banco esfriar e aí eu sento. disse sorrindo como se tivesse dado um conselho de vida pra piazada. e continuou. eu
conheço um cara que pegou uma doença incurável porque sentou no banco do ônibus depois de uma outra pessoa contami-
nada antes do banco esfriar. e o senhor lembra o nome dele pra
gente anotar aqui? lembro. lembro sim. é jorge. pode pôr jorjão.
que é como todo mundo chama ele. e ele trabalha aonde? trabalha numa oficina mecânica. e aonde que é pra gente ir lá conversar com ele? iiihhh piazada! fica em outra cidade. faz tempão
que não vejo ele. eu já ia fazer outra pergunta aí ele interrompeu com dois tchaus bem rápidos e vazou. tchau tchau. acho
que ele tava mentindo. disse o salsicha. essas são as melhores
respostas. hahaha! rimos todos e fomos embora. juntamos tudo
e entregamos pra professora que deu dez pro nosso trabalho e
aí a gente ganhou a feira de ciências e depois foi lá pro pátio
jogar bola. aí alguém gritou pra mim lá de cima da passarela do
segundo andar. ei! olhei e era a filha do diretor babão dando um
tchauzinho pra mim. sorri pra ela só que bem nessa hora o zé
tocou a bola pra mim. aí eu dominei e virei de frente pro mar-
cador. quando você marca não pode deixar o atacante virar e vir
pra cima senão já era. ameacei na primeira. ameacei na segunda
e PLAW! no meio das canetas do piá. rolei pro zé que tabelou
com o banha que tocou no meio de dois zagueiros aí eu dominei a bola sem olhar pra ela porque o zico falou que quem é
craque tem que dominar a bola sem olhar pra ela e já partindo
pra cima do goleiro que saiu da área achando que a bola era
dele mas aí eu pedalei pra direita e pra esquerda e pra direita

balançando o corpo no migué e PLAW! ele caiu pra direita e eu saí pra esquerda. já era. tapa de canhota pro fundo da rede. a galera foi ao delírio. AAAHHH!!! a gente sempre comemora um gol como se fosse a final de um campeonato muito foda. o time inteiro se abraçou e ficou gritando no meio da quadra até que o outro time botou a bola na marca pra começar o jogo de novo. no final ganhamos de 4x1. nosso time é imbatível. ninguém ganha da gente. disse o banha empolgadão. o sinal bateu e todo mundo saiu correndo pegar as malas pra ir embora. olhei pra trás e estavam o ique o salsicha e o johnny me chamando com o troféu da feira de ciência nas mãos e um bilhete. que foi? a filha do diretor deixou pra você. caralho! me esqueci! ela tinha me chamado lá de cima mas aí… tsca! que se foda! abri o bilhete. os três ficaram esperando que eu fosse ler em voz alta pra saber o que tava escrito. que foi? lê aí! sai fora! aaahhh! hahaha! guardei no bolso. saímos correndo embora pra tentar entrar no ônibus pela porta dos fundos pra furar catraca e com a grana comprar figurinhas novas do álbum do campeonato brasileiro.

6

meu pai é vendedor autônomo e tem uma salinha alugada num prédio ali do centro. é um predião massa desses enormes e velhos com janelões grandes que dá pra gente despencar lá embaixo fácil fácil e que metade dele são escritórios e a outra metade pra morar. meio moquifenta ela. parece aquelas salas de detetives de filme só que sem o cigarro. o pai não fuma. só bebe. não no serviço. ele sempre enche o saco dos amigos dele que bebem no serviço. o melhor amigo do pai antes de começar o dia passa no bar da esquina e toma um vermute com pinga. ele diz que é pra firmar o braço. aí no almoço duas beras e de noite quando volta pra casa não volta pra casa. vai direto pro bar da esquina jogar sinuca e beber até não conseguir mais subir a rua de volta e ter de ser carregado por alguém. no começo era pela mulher mas aí um dia ela cansou dele e foi embora. depois foram os amigos mas os amigos às vezes também ficam tão cozidos que o jeito foi desenvolver uma técnica de subida da rua cozidão e se virar sozinho. geralmente dava errado porque a subida era tão íngreme e comprida que o negócio era aceitar e ficar por ali mesmo na calçada. não durou muito tempo. o pai tem um porta-retratos na mesa do escritório com uma foto deles dois abraçados na praia com um copo de caipirinha numa mão e a outra apoiada na cintura. sorrisão na cara felizes pra caralho faltando uns dentes e de sunga e bronzeador. nesse dia o pai cortou o limão da caipirinha e não lavou a mão. aí ele apoiou a mão na cintura pra tirar a foto e depois o sol assou a pele dele. que burro. por causa do limão ficou uma manchona marrom que levou uns três anos pra sair. queimadura de primeiro grau. eu acho massa ter umas cicatrizes. fica parecendo que alguma coisa você fez na vida ao invés de ter o corpo todo lisinho igual bunda de nenê. tipo essa piazada que cresce em prédio e a mãe não deixa sair pra brincar na rua por causa de não sei o quê e não sei que lá e aí crescem sem saber fazer nada. todos uns molengas essa piazada. ele morreu no mesmo quarto que você nasceu sabia? fico quieto. essa informação não me parece muito interessante mas ele pega a foto e chora um pouco. o pai é muito sentimental. vou até a janela. é bem alto. que andar a gente tá? décimo quarto. o prédio fica no calçadão do centro. não passa carro. só gente a pé. tá cheio de gente lá embaixo. junto saliva na boca até dar um montão. dou um cuspe. não pega em ninguém. droga. armo mais um e o pai briga para com isso! engulo. dá pra ver meu colégio daqui. um pedaço dele. tem uma praça bem no meio do calçadão e lá do outro lado da praça tem uma rua que leva pra central dos ônibus. olha lá o pablo e o filho da vizinha do oitavo andar. o pablo empurra o piá da bicicleta. o piá se estatela no chão. rala o joelho direito e o cotovelo esquerdo e a panturrilha das duas pernas. não sei como ele conseguiu isso. foi uma façanha a queda do piá. bateu de um lado depois quicou do outro e deu uma arrastada de costas. coisa de ninja o tombo dele. o pablo pega a bike e sai pedalando. o piá levanta rápido meio que chorando porque tá doendo e meio que chorando porque vai apanhar em casa se aparecer sem a bike e meio que chorando de raiva porque dá muita raiva quando um piá maior vem e te estufa sem mais nem menos e meio que gritando sai correndo atrás do pablo. olha lá o pablo no meio da galera de bike nova na rua desfilando. agora ele tem uma bicicleta. a mãe do pablo mora no prédio. no décimo andar. ela jurou pro meu pai que o pablo quando crescer vai ser o maior jogador de futebol de todos os tempos. o pai do pablo é argentino e nunca veio visitar a família. a mãe do pablo jura que ele vem e que se não veio ainda é porque deve estar muito ocupado com a bolsa de ações. o pai do pablo é corretor na bolsa. meu pai jura que ele é agiota. o que é agiota? penso. não importa. saio da janela. vou lá com os piás. beleza. o pai responde. abro a porta e dou de cara com a velha do apartamento da frente. ela me fulmina com o olhar. essa velha foi líder de um destacamento nazista feminino quando a alemanha tinha planos de invadir o brasil. se os nazis tivessem chegado até aqui ela ia ser a chefe das professoras que iam ensinar às crianças o manual do nazistinha. será que no dia dos professores essas professoras também ganham parabéns? penso. uma vez vi pela porta do apartamento dela umas armas e umas fotos de uns caras fardados. até já quis invadir o apartamento dela de madrugada mas fui convencido a não fazer essa cagada pelo porteiro. o seu albano. queria que essa velha derretesse igual cera de vela. desejei do fundo do meu coração. fechei os olhos e quando abri PLIM! a velha derreteu na minha frente. é sério! vou contar pra piazada na escola e eles não vão acreditar. a velha é sozinha e ninguém vai sentir falta dela. pelo reflexo da porta do elevador minha imagem refletida pergunta a mim mesmo de que adianta ter o poder de derreter as pessoas se você só pode usar contra pessoas que não vão fazer a mínima falta e que só fazem peso no mundo e assim ninguém vai acreditar que você tem esse poder? no prédio de um amigo meu morreu uma velha que ficou esquecida dentro do apartamento. sério? aham! era no primeiro andar bem na frente da piscina. sabe esses condomínios gigantes com milhões de apartamentos que tem uma piscina no meio e que em dias de calor fica lotada porque róla uma invasão? tô ligado. tipo pombal. isso! aí os moradores levam pelo menos uns dois parentes pra visitar a piscina nesses dias. vixi! loucura total! e tem três churrasqueiras cobertas do lado da piscina. jesus! imagina só. cada churrasqueira tocando uma música diferente e a piazada berrando alucinada pulando na água de cima das grades que separam a passarela da piscina pra tentar fazer onda dentro dos apartamentos que ficam com as janelas abertas mais os zeladores correndo atrás de todo mundo metendo multa e anotando os apartamentos e soprando aqueles apitos. hahaha! bagulho é louco! e nessa zona ninguém nota o que tá rolando em volta. a velha não saía de casa nunca e quando começou a feder mandaram trocar a água da piscina achando que era alguma coisa ali dentro do esgoto mas o fedor só aumentava então mandou dedetizar as churrasqueiras e depois os blocos e por fim chamou os bombeiros que vieram e PLAW! estufaram a porta do apartamento da velha e aí veio um cheiro bizarro parecido com o cheiro do quarto do vô só que beeem mais forte e aí sai! sai! sai! mandaram todo mundo sair. ninguém viu nada. só o pacotão preto com o corpo da velha dentro saindo do prédio. ela deve ter virado sopa nesse tempo todo. a porta do elevador abre. vazio. entro. aperto o térreo. o elevador desce. essa parte é chata então vou voltar lá pra cima pra falar do pablo. ele é um piá legal. ele sabe fazer malabarismos com três limões e sabe empinar a bike e andar de uma roda por uma quadra inteira e sabe assoviar de cinco jeitos diferentes e faz um negócio com a sobrancelha que ninguém consegue. alguns chamam ele de pablito magnífico. acho meio palha dizer isso só porque ele consegue fazer coisas que ninguém consegue. a mãe dele diz que todos os piás sentem inveja do pablo. um dia ela tava conversando com uma vizinha velha que tem lá e não sei porque ela disse que ele era à prova de balas. tipo dessa retardada! uma espécie de santo e que todos querem ser como o pablo. que o pablo é o queridinho dela. que o pablo é sua obra-prima. que o pablo sabe fazer as coisas que a gente não sabe porque o pai do pablo ensinou. espera aí! o pablo não tem pai PLAW! bem na hora que ela se gabava do próprio filho e falava essas asneiras eu achei que tinha pensado essa fala mas na verdade eu falei sem saber que tava falando e aí PLÓF! levei uma bolsada na orelha. da onde saiu essa lóque?! nem vi ela entrar aqui. tinha alguma coisa dentro da bolsa. uma arma talvez. porque bateu na minha cabeça e ficou uma meia hora zunindo. tipo o sino das sete que é aquele que soa bem forte e bem alto porque é troca de turno dos padres e o padre que entra às sete é forte e porrudo feito um touro. ele parece mais o segurança da igreja do que o padre da noite. meu pai só se confessa com ele. minha mãe não. minha mãe não confessa. acha tudo isso uma bosta. a mãe diz que essa coisa de confessar é igual à psicanálise. o que é psicanálise? quando eu perguntei ela bufou igual ela bufa sempre pro meu pai humpf! ela deve achar que tem um pouco do meu pai em mim. mas tem né! metade metade. fifty fifty disse a professora de inglês quando eu perguntei pra ela em português porque que a gente se parece tanto com os nossos pais? a turma riu. ela disse que a professora de ciências poderia responder melhor a minha pergunta mas a professora de ciências tá de licença e agora tem um cara lá que é o professor de ciências. e o nome dele é carlos. não dá pra fazer uma pergunta dessa prum professor homem que se chama carlos. o apelido dele deve ser carlão. na rua dele a galera deve chamar ele de carlão. ele é grande. se fosse pequeno chamariam de carlinhos. mas é carlão. e não dá pra perguntar prum cara chamado carlão uma coisa dessas. então perguntei pra minha mãe que mandou perguntar pro meu pai que tava ocupado vendo o jogo do coxa e mandou eu perguntar pra professora aí eu expliquei pra ele que a professora era professor e no meio da minha explicação saiu um gol GOOOOL! do lateral índio. ele não é índio. só parece. o nome dele é que é índio. ele nunca faz gol então o pai ficou louco de alegria e a cerveja dele foi parar no chão e a mãe ouvindo a barulheira veio ver o que tinha acontecido e o quebra-pau começou de novo e eu fiquei sem saber pra quem perguntar porque a gente se parece tanto com os nossos pais? a solução foi ir ao confessionário da noite ver o padre touro. cheguei lá e tinha uma fila enorme que dobrava a paróquia. todo mundo com seu tercinho na mão rezando as rezas que o padre tinha mandado rezar. fui furando a fila. botei a mão na barriga fingindo dor e fazendo cara de coitado e logo cheguei na frente do confessionário. tinha uma velha saindo lá de dentro. uma outra velha mais velha que a velha de cera e menos velha que a velha que a mãe do pablo tava conversando sobre ele ser pablito magnífico e meio que na idade da velha do pacotão preto. essa velha mora no primeiro andar porque não pode pegar elevador por causa da vertigem nem subir escadas por causa da artrose. sei de tudo o que acontece no prédio. é só ficar meia hora fingindo que tá lendo o jornal no hall de entrada que o seu albano que é o porteiro te deixa a par de todas as coisas que acontecem. ele não conta pra mim. mas pra todo mundo que passa ele tem uma versão mais bizarra da mesma história pra contar. e a cada dia ele conta uma história nova ou uma coisa que aconteceu no prédio. às vezes ele repete. só que ele vai mudando as coisas de lugar. o nome das pessoas. as pessoas. geralmente ele começa com uma pessoa só e um acontecimento nem tão inusitado. aí ele percebe que quem tá ouvindo não tá nem aí pra história dele então ele bota mais alguém ou aumenta o acontecimento. enquanto as pessoas que vão passando não se pregam na história ele não para de mudar. é uma estratégia. até que alguém solta um risinho pra história opa! fisguei! ele pensa. aí ele vai administrando o negócio até o elevador chegar e a pessoa ir embora. então ele saca que aquela história daquele jeito funciona melhor e aí ele guarda ela na cabeça. vai que precisa dela outra hora. e por aí vai. depois de umas quarenta pessoas ele já tem algo muito mais elaborado do que aquela historinha mequetrefe do começo. o que era um carro mal estacionado na garagem de um vizinho já virou um acidente de trânsito com vítimas fatais e trilha sonora. esses tempos ele descobriu que botando um som pra rolar durante a contação as pessoas se interessam mais. e não é só isso! ele sacou que dá pra aumentar e diminuir a música durante a narração. aí ele descambou pra efeitos especiais e iluminação. comprou aquele negocinho que gira assim pra controlar a luz do balcão / dimer / e um controle pra subir e descer o volume do toca fitas que fica mocado ali embaixo nos pés dele. acho que se a gente filmasse ia dar uma grana. só que ele é analfabeto. não sabe nem preencher o nome direito. quando chega alguma correspondência ou encomenda do correio que tem que assinar ele puxa a almofadinha de carimbo e PLAW! mete o dedão. no começo os caras dos correios encrencaram com ele dizendo que não sei o quê e não sei que lá e aí sacaram qual era a do seu albano e deixaram quieto. o cara é gente boa! não vão lá encrencar com ele por causa de uma assinatura! disse o chefe dos entregadores. aí ficou tudo bem. menos uma vez que a velha do primeiro andar reclamou lá de um troço que ela recebeu errado e que tinha o dedão do seu albano no papel mas aí não sei o quê e não sei que lá e ficou tudo bem. nem vale a pena falar disso porque o seu albano foi afastado e teve de tomar remédio pra cabeça. acho que foi depois do remédio que ele começou com essa história de contar histórias. ele disse que vinha a pé sempre com um amigo dele e aí um dia eu segui ele e não tinha ninguém. foi bem na época que tava passando direto na tv um filme sobre um cara que inventou umas coisas e todo mundo no começo chamava ele de gênio só que de repente todo mundo começou a chamar ele de louco porque ele batia na mulher e nas filhas e no cachorro e em quem tentasse encostar nele e nas coisas dele. na hora pensei que o seu albano era louco. mas aí veio essas histórias no hall de entrada do prédio e eu pensei o seu albano é um gênio! então fiquei mais amigo dele. ficamos tão bróders que minha mãe deixava eu trazer um pedaço de torta pra ele e ele sempre separava o caderno de esportes pra mim sem eu pedir. é que um dia ele me viu entrando no prédio com a camisa do athlético e sussurrou pra mim um pedaço do hino do time enquanto eu esperava o elevador. quando olhei pra ele seus olhos já estavam grudados no jornal. ele quis que eu ouvisse mas não quis mostrar que tinha dito. era o nosso pacto. agora eu tinha um segredo com o seu albano. e por isso contei só pra ele do dia que eu derreti a velha que morava na frente do escritório do pai e é claro que ele sendo meu amigo de verdade porque tínhamos conversado por sussurros acreditou e acrescentou mais um detalhe à minha história revelando que ele viu tudo pelas câmeras e que tava tudo filmado mas que ele deletou pra que ninguém além da gente soubesse o que tinha acontecido com a velha. fiquei tão emocionado que não contei pra mais ninguém a nossa história. isso é que é amigo.

7

nove e quarenta da manhã de quarta-feira. a melhor hora da semana. todo mundo saiu e eu vou ficar sozinho em casa por mais ou menos duas horas. o pai foi trabalhar e só volta no começo da noite. meus irmãos tão no colégio e na quarta eles têm aula de manhã e de tarde. quer dizer. o joão tenho certeza que tá porque é um cdf de merda. e mesmo quando não tem aula ele vai pra faculdade pra ficar flertandinho com as gurias. o tomás duvido que tenha ido. deve tá rodando por aí com a galera dele. a mãe foi na feira com a vó. e eu dei o migué e voltei pra casa. botei o uniforme e até dei tchau pra todo mundo. só que dei umas voltas por aí esperando todo mundo sair de casa e voltei. é bem fácil. é só ninguém me ver perdido pela rua que tá tranquilo. entrei pela janela e dei um tempo até o TÓC TÓC. batidas na porta dos fundos. fico em silêncio. conto cinco segundos. TÓC TÓC. silêncio de novo. mais cinco segundos. FU FU FIU. o assovio secreto. é o zoínho lá na porta de trás. o zoínho é o meu melhor amigo. a gente nasceu grudado e separaram a gente no hospital. é verdade! tiveram que serrar a gente no meio! ele é o canhoto e eu sou o destro. corro lá embaixo e abro a porta. fazemos o cumprimento secreto da ordem secreta dos melhores amigos que nasceram grudados e foram separados no parto com serra. três tapas com a mão direita. assim normal. uma mão bate na outra e bate e bate de novo PAF! PAF! PAF! na quarta vez dá o migué que vai cumprimentar e não cumprimenta e aí congela e prende o ar com os olhos arregalados tipo espantado. dá uma coçada malandra no queixo com a mão esquerda sorrindo porque achou isso de não bater a quarta vez engraçado. finge que vai olhar pra cima e olha pra baixo. finge que vai agachar e levanta. finge que vai fingir e não finge e aí tira um par ou ímpar e finge que vai mostrar três dedos e mostra dois. se olha e finge que vai sair correndo e fica parado. aí levanta os braços como se tivesse comemorando um gol e de repente para. não se move. fica assim uns segundos até o primeiro rir. depois que o primeiro ri faz a dancinha. bate um pé direito no outro e aí bate um pé esquerdo no outro e aí bate um pé direito no outro e aí bate um pé esquerdo no outro e aí bate um pé direito no outro e aí bate um pé esquerdo no outro e depois da terceira vez ameaça que vai dar um mortal triplo carpado de costas e só dá um pulinho bem palha no lugar girando 360 graus e cai imitando um chimpanzé. e aí! beleza? beleza! trouxe as paradas? trouxe. massa! subimos correndo até o sótão. cê conseguiu? consegui. ninguém notou? não. tesão! o zoínho abre a mochila. caralho! que massa! ele puxa um vestido longo vermelho e um par de sapatos de salto alto e bico fino da mãe dele. olha só o que eu consegui. ele diz com orgulho. tesão! respondo. olha só! abro uma caixa e puxo pra fora um batom e um pó de arroz da minha vó. cê tem certeza que tua vó não vai perceber? claro que não vai! a vó tá velha e nem usa mais essas paradas. na real acho que ela nunca usou isso. põe aí! digo. não. bota você primeiro. responde o zoínho. beleza. apesar da mãe do zoínho ser baixinha a gente ainda é um pouco mais baixo que ela. boto o vestido e ele fica sobrando um pouco nos pés. coloca o sapato que acho que vai dar certo. ele diz. ponho os sapatos e aí meio que fica do tamanho. hahaha! cê fica muito igual minha mãe. ele ri. paro na frente do espelho. imito a mãe dele se mexendo. ele cai na gargalhada. do que cê tá rindo? nada. é que cê fica igualzinho minha mãe. olho de volta. hahaha! é mesmo. alcança o batom. o zoínho me dá o batom. passo igual a atriz do filme fazendo aquele movimento com os lábios de apertar um contra o outro e depois olho no espelho pra ver se ficou bom. ficou bom? viro pro zoínho e ele tá rolando no chão de tanto rir. que foi besta? não tá certo? claro que tá! até demais. hahaha! idiotão.

digo e vou tentando me equilibrar nos saltos até perto da caixa e pego o pó de arroz. passo um pouco nas bochechas. e então?! pergunto e saio desfilando pelo sótão imitando a mãe dele que é toda chique e vai sempre nas festas do clube e tá sempre muito arrumada. ela tem até um jeito todo estranho de falar assim meio com a boca mole. ela é super educada e fala um português com palavras que a gente nem conhece mas a gente finge concordando com tudo o que ela diz. a mãe dele é uma gata. os piás mais velhos falam que ela é uma gostosa. todo mundo sempre quer ajudar ela quando ela chega com um monte de sacolas nas mãos. sempre dá briga. quando o carro dela aponta lá na esquina a piazada sai correndo em direção à casa do zoínho pra ajudar ela porque sabe que ela tá com um monte de sacolas no carro e que vai acabar aceitando a ajuda de um dos piás pra carregar as compras pra dentro de casa e no fim vai dar uma gorjeta e um beijo no rosto de quem ajudou e esse vai ser o troféu e a conversa da semana. quem ganha o beijo de prêmio fica dias se achando pra cima de todo mundo. alcança aquela sacola ali pra mim. digo imitando o jeito meloso com que ela fala e ele se caga de rir. eu sei imitar direitinho as pessoas. sou bom nisso. a mãe dele faz um negócio com os dedos sempre que pede alguma coisa pra alguém assim deixando o dedinho levemente levantado e fazendo um movimento pra frente e pra trás com o indicador levando o pulso junto indicando o que deve ser pego que eu sei fazer igualzinho. sempre que faço isso o zoínho se caga de rir. e tem também o jeito dela andar colocando um pé na frente do outro igual as modelos quando fazem aqueles desfiles na tv mexendo o quadril pra lá e pra cá e os ombros pra frente e pra trás e a cabeça quase imóvel e os braços voando ao lado do corpo. quanto mais ele ri mais eu me exibo caminhando pelo sótão imitando os trejeitos da mãe dele. são as mãos. o jeito de caminhar. a fala. o olhar meio caído e melancólico. cara! você é igual a minha mãe! hahaha! já pensou se eu fosse tua mãe? hahaha! toda quarta-feira de manhã a gente se encontra pra tirar uma pira imitando a galera do bairro. o primeiro foi o meu pai. foi muito fácil porque eu convivo com ele e sei das manias dele. depois o pai do zoínho. depois o seu carlos da mercearia. semana passada foi a dona elza das bugigangas paraguaias e já teve também o tio que vende algodão-doce e a mulher da tevê que apresenta o programa da PLAM! a porta do sótão abre numa cacetada. que porra é essa?! que cês tão fazendo aqui no sótão trancados seus viadinho do caralho?! tão batendo punheta um pro outro é?! tão se chupando seus merda! é o joão. e como se não bastasse ele tá com o zé. o zé é o melhor amigo dele e juntos eles formam a dupla de bonitões comedores fodões do bairro. eu congelo. o medo e o desespero que tomam conta do meu corpo são tão grandes que não consigo nem ter um pensamento sequer sobre como agir nessa hora e acabo mijando no vestido. meu corpo inteiro treme. sinto que vou morrer. de verdade. ele vem pra cima de mim como um trem descarrilado. o zoínho aproveita que não tão olhando pra ele e vaza. o zé ainda consegue dar um tapa na cabeça dele e ele capota escada abaixo quebrando os óculos. o pai dele vai ficar puto. é a terceira vez esse ano. os óculos dele custam caro pra caralho por causa da lente que é mais grossa e é importada e não sei o que lá. depois disso PLAW! só lembro da primeira porrada. foi um tapa de mão aberta no lado esquerdo do rosto. meu irmão é destro. nunca imaginei que o joão pudesse fazer isso. nunca imaginei que um irmão pudesse fazer o que ele fez. depois do tabefe veio uma sequência infinita de tapas socos empurrões xingões safanões e se o zé não tivesse ali pra segurar ele acho que o joão ia me matar. VOU FALAR PRO PAI QUE VOCÊ ANDA BANCANDO O VIADINHO COM TEUS AMIGUINHO DENTRO DA CASA DELE! TOMARA QUE ELE TE ENCHA DE PORRADA E TE MANDE EMBORA DAQUI SEU VIADINHO DE MERDA! BICHINHA DO CARALHO! CHUPA RÔLA MALDITO!

VOCÊ É UMA VERGONHA PRA NOSSA FAMÍLIA! SEU BOSTA
FILHO DA PUTA! PLAW! um último bicudão pra fechar a conta.
o zé puxou o joão antes que ele me matasse. vâmo embora joão!
PLAM! saíram batendo a porta do sótão. ainda deu pra ouvir o
joão gritando lá fora e a voz dele diminuindo diminuindo diminuindo até que se calou. acho que quando chegou na esquina
ficou quieto. tava envergonhado. não por ter espancado o irmão
mais novo. nisso ele achava que tava coberto de razão. porra zé!
o que vão falar na faculdade?! que caralho! onde já se viu ter
um irmão viado!? prefiro ter um irmão retardado do que ter
um irmão viado! o zé deu um tapa no ombro dele como quem
diz cê tá loco?! cala a boca joão! isso tudo o joão resmungou
baixinho pro zé virando a esquina e sumindo em direção a sei
lá onde. ele jamais ia querer que o bairro e a faculdade e a cidade inteira soubesse que o irmãozinho dele com o melhor amigo
ficam se vestindo de mulher trancados no sótão. ele não falou
pro pai. ele não falou pra mãe. o zé jurou jamais falar pra alguém. o zoínho disse pros pais que caiu de bicicleta. eu tomei
um banho bem demorado e quando a mãe entrou em casa já fui
logo dizendo que tinham tentado me roubar na rua e aí eu reagi
e os caras vieram pra cima e eu até que dei uns socos e tal e tava
ganhando a briga só que eles tavam em cinco e aí foi foda. nem
dei tempo da mãe pensar que poderia ter sido outra coisa. fiquei falando sem parar e ela acreditou na hora. aí eu é que não
acreditei depois. porque eu não contei a verdade de uma vez?
nada a ver isso aí que eu tô falando. certeza que a mãe sabe o
que aconteceu. não sei como mas elas sempre sabem. e quem ia
querer me roubar? um piá de merda de chinelo e bermuda com
um fio de telefone amarrado no pescoço feito uma correntinha
pra prender a chave de casa? lógico que ela não acreditou na
minha história. pelo menos não ficou me fazendo perguntas. eu
não ia saber o que dizer na hora e ainda ia acabar me fodendo
de novo com eles. foda. a mãe pegou uns gelos e enrolou numa

toalha. botou na minha cara e mandou eu ficar segurando. aí me deu um copo com água e açúcar e mandou eu subir pra descansar. nunca tinha sentido tanta raiva de alguém. enquanto tava lá no chão do sótão caído juntando os pedaços do quebra-cabeça ainda deu tempo de dizer

tomara que você morra

disse com o resto do ar que tinha nos pulmões. foi o sopro da morte. e foi dito com tanta pureza e tinha tanto desejo e tanta verdade nessas palavras que aconteceu.

8

qual o seu nome? silêncio. levanta a cabeça. nada. mandei levantar a cabeça! PLAW! o professor meteu a mão na cara do piá e depois agarrou seu queixo com tanta força que achei que ia quebrar a mandíbula dele. quando eu te fizer uma pergunta você responde! entendido? o piá não respondeu. baixou a cabeça e continuou com os olhos grudados no chão de madeira. onde será que estão seus pensamentos? por um segundo achei que o professor ia machucar ele de verdade. ele levantou a mão bem alto. caralho! ele vai rachar o crânio do piá no meio! todos pensaram. o piá encolheu os ombros e meteu a cabeça contra o peito e as mãos por cima pra se proteger. um cão encolhido apanhando do dono. apanhando da pessoa em quem ele confia. parece que o tempo para nessas horas. só que não aconteceu nada. o professor sentiu pena. sabe como é que eu sei? tava escrito na retina dele. deu pra ver ele vendo ele mesmo levando uma coça de um pai ou professor e aí bem na hora de descer o cacete ele sentiu pena raiva rancor ódio. sei lá. não sei como alguém pode sentir tanta raiva assim. mentira. sei sim. volte pro seu lugar. ele disse numa voz mais amena. o piá catou o lápis que tava no chão e sentou na sua cadeira. a terceira da fileira do canto oposto à porta de entrada bem na frente da janela que dá pro pátio de trás do colégio. um ventinho gelado entra pela fresta e chama sua atenção. ele olha lá pra fora e vê alguns amigos jogando futebol com uma bola de meia. ele reconhece na hora as meias marrons do irmãozinho mais novo do filho da zeladora. o nome dela é catarina. só o nome. ela nasceu aqui na cidade só que foi casada com um marceneiro de blumenau que é pai do seu primeiro filho. os dois filhos estudam aqui na escola desde a primeira série. o mais velho tá na nossa turma e o mais novo na 4ªC. sabe quanto custa um par de meias novas? também não sei. lá em casa as coisas passam do mais velho pro mais novo até esfarelar. o piá olhando pela janela sabe disso. sabe também que a tia catarina já tinha remendado três vezes aquele par de meias marrons e que o filho mais novo dela está descalço e amarrado em algum canto do colégio chorando quieto pra ninguém ouvir e ir lá arrebentar ele de porrada. o que você tá olhando pela janela?! não foi uma pergunta. cinco minutos atrás o professor já tinha dado uma coça nele porque ele fica olhando pela janela ao invés de copiando as coisas esdrúxulas que ele põe no quadro. aí logo depois do nazi mandar ele sentar ele já tá com a cara enfiada lá fora de novo. que merda! penso. vai levar outra bolacha. só que ele continua vidrado no jogo de futebol. meu sonho é ser jogador de futebol. antes de entrar pra aula a gente tava lá embaixo no pátio da frente jogando bafo com as figurinhas da copa do mundo e ele soltou isso aí assim de repente. tava empolgadão porque tava rapelando todo mundo e acho que no meio da euforia ele soltou essa sem pensar. meu sonho é ser jogador de futebol. foi bem na hora que ele conseguiu a figurinha de um jogador que havia sido o melhor do mundo e tal e aí ele lembrou de um gol que esse cara marcou na final de um campeonato e o pai dele tava no estádio e contou pra ele essa estória de um jeito tão apaixonado que quando ele foi no estádio ver o seu time jogar e o atacante do seu time fez um gol igual ao do craque da figurinha ele decretou quando crescer vou ser jogador de futebol! o professor agarrou ele pelo braço e VLÓSH! arrancou ele da carteira e aí porta que abre e porta que fecha e porta que abre e porta que fecha e porta porta porta chegaram na coordenação disciplinar. ninguém ficou sabendo o que aconteceu. três dias depois começou a rolar um papo que a família dele ia se mudar da cidade e que ele ia embora junto. ficaram só as coisas dele espalhadas pelo chão. fui juntar as paradas pra ele logo depois que os dois saíram da sala e tinha um caderno vermelho de capa dura desses tipo brochura. curiosão abri e

0, 1, 2, 3, 4, 5, 6, 7, 8, 9, 10, 11, 12, 13, 14, 15, 16, 17, 18, 19, 20, 21, 22, 23, 24, 25, 26, 27, 28, 29, 30, 31, 32, 33, 34, 35, 36, 37, 38, 39, 40, 41, 42, 43, 44, 45, 46, 47, 48, 49, 50, 51, 52, 53, 54, 55, 56, 57, 58, 59, 60, 61, 62, 63, 64, 65, 66, 67, 68, 69, 70, 71, 72, 73, 74, 75, 76, 77, 78, 79, 80, 81, 82, 83, 84, 85, 86, 87, 88, 89, 90, 91, 92, 93, 94, 95, 96, 97, 98, 99, 100, 101, 102, 103, 104, 105, 106, 107, 108, 109, 110, 111, 112, 113, 114, 115, 116, 117, 118, 119, 120, 121, 122, 123, 124, 125, 126, 127, 128, 129, 130, 131, 132, 133, 134, 135, 136, 137, 138, 139, 140, 141, 142, 143, 144, 145, 146, 147, 148, 149, 150, 151, 152, 153, 154, 155, 156, 157, 158, 159, 160, 161, 162, 163, 164, 165, 166, 167, 168, 169, 170, 171, 172, 173, 174, 175, 176, 177, 178, 179, 180, 181, 182, 183, 184, 185, 186, 187, 188, 189, 190, 191, 192, 193, 194, 195, 196, 197, 198, 199, 200, 201, 202, 203, 204, 205, 206, 207, 208, 209, 210, 211, 212, 213, 214, 215, 216, 217, 218, 219, 220, 221, 222, 223, 224, 225, 226, 227, 228, 229, 230, 231, 232, 233, 234, 235, 236, 237, 238, 239, 240, 241, 242, 243, 244, 245, 246, 247, 248, 249, 250, 251, 252, 253, 254, 255, 256, 257, 258, 259, 260, 261, 262, 263, 264, 265, 266, 267, 268, 269, 270, 271, 272, 273, 274, 275, 276, 277, 278, 279, 280, 281, 282, 283, 284, 285, 286, 287, 288, 289, 290, 291, 292, 293, 294, 295, 296, 297, 298, 299, 300, 301, 302, 303, 304, 305, 306, 307, 308, 309, 310, 311, 312, 313, 314, 315, 316, 317, 318, 319, 320, 321, 322, 323, 324, 325, 326, 327, 328, 329, 330, 331, 332, 333, 334, 335, 336, 337, 338, 339, 340, 341, 342, 343, 344, 345, 346, 347, 348, 349, 350, 351, 352, 353, 354, 355, 356, 357, 358, 359, 360, 361, 362, 363, 364, 365, 366, 367, 368, 369, 370, 371, 372, 373, 374, 375, 376, 377, 378, 379, 380, 381, 382, 383, 384, 385, 386, 387, 388, 389, 390, 391, 392, 393, 394, 395, 396, 397, 398, 399, 400, 401, 402, 403, 404, 405, 406, 407, 408, 409, 410, 411, 412, 413, 414, 415, 416, 417, 418, 419, 420, 421, 422, 423, 424, 425, 426, 427, 428, 429, 430, 431, 432, 433, 434, 435, 436, 437, 438, 439, 440, 441, 442, 443, 444, 445, 446, 447, 448, 449, 450, 451, 452, 453, 454, 455, 456, 457, 458, 459, 460, 461, 462, 463, 464, 465, 466, 467, 468, 469, 470, 471, 472, 473, 474, 475, 476, 477, 478, 479, 480, 481, 482, 483, 484, 485, 486, 487, 488, 489, 490, 491, 492, 493, 494, 495, 496, 497, 498, 499, 500, 501, 502, 503, 504, 505, 506, 507, 508, 509, 510, 511, 512, 513, 514, 515, 516, 517, 518, 519, 520, 521, 522, 523, 524, 525, 526, 527, 528, 529, 530, 531, 532, 533, 534, 535, 536, 537, 538, 539, 540, 541, 542, 543, 544, 545, 546, 547, 548, 549, 550, 551, 552, 553, 554, 555, 556, 557, 558, 559, 560, 561, 562, 563, 564, 565, 566, 567, 568, 569, 570, 571, 572, 573, 574, 575, 576, 577, 578, 579, 580, 581, 582, 583, 584, 585, 586, 587, 588, 589, 590, 591, 592, 593, 594, 595, 596, 597, 598, 599, 600, 601, 602, 603, 604, 605, 606, 607, 608, 609, 610, 611, 612, 613, 614, 615, 616, 617, 618, 619, 620, 621, 622, 623, 624, 625, 626, 627, 628, 629, 630, 631, 632, 633, 634, 635, 636, 637, 638, 639, 640, 641, 642, 643, 644, 645, 646, 647, 648, 649,

650, 651, 652, 653, 654, 655, 656, 657, 658, 659, 660, 661, 662, 663, 664, 665, 666, 667, 668, 669, 670, 671, 672, 673, 674, 675, 676, 677, 678, 679, 680, 681, 682, 683, 684, 685, 686, 687, 688, 689, 690, 691, 692, 693, 694, 695, 696, 697, 698, 699, 700, 701, 702, 703, 704, 705, 706, 707, 708, 709, 710, 711, 712, 713, 714, 715, 716, 717, 718, 719, 720, 721, 722, 723, 724, 725, 726, 727, 728, 729, 730, 731, 732, 733, 734, 735, 736, 737, 738, 739, 740, 741, 742, 743, 744, 745, 746, 747, 748, 749, 750, 751, 752, 753, 754, 755, 756, 757, 758, 759, 760, 761, 762, 763, 764, 765, 766, 767, 768, 769, 770, 771, 772, 773, 774, 775, 776, 777, 778, 779, 780, 781, 782, 783, 784, 785, 786, 787, 788, 789, 790, 791, 792, 793, 794, 795, 796, 797, 798, 799, 800, 801, 802, 803, 804, 805, 806, 807, 808, 809, 810, 811, 812, 813, 814, 815, 816, 817, 818, 819, 820, 821, 822, 823, 824, 825, 826, 827, 828, 829, 830, 831, 832, 833, 834, 835, 836, 837, 838, 839, 840, 841, 842, 843, 844, 845, 846, 847, 848, 849, 850, 851, 852, 853, 854, 855, 856, 857, 858, 859, 860, 861, 862, 863, 864, 865, 866, 867, 868, 869, 870, 871, 872, 873, 874, 875, 876, 877, 878, 879, 880, 881, 882, 883, 884, 885, 886, 887, 888, 889, 890, 891, 892, 893, 894, 895, 896, 897, 898, 899, 900, 901, 902, 903, 904, 905, 906, 907, 908, 909, 910, 911, 912, 913, 914, 915, 916, 917, 918, 919, 920, 921, 922, 923, 924, 925, 926, 927, 928, 929, 930, 931, 932, 933, 934, 935, 936, 937, 938, 939, 940, 941, 942, 943, 944, 945, 946, 947, 948, 949, 950, 951, 952, 953, 954, 955, 956, 957, 958, 959, 960, 961, 962, 963, 964, 965, 966, 967, 968, 969, 970, 971, 972, 973, 974, 975, 976, 977, 978, 979, 980, 981, 982, 983, 984, 985, 986, 987, 988, 989, 990, 991, 992, 993, 994, 995, 996, 997, 998, 999, 1000, 1001, 1002, 1003, 1004, 1005, 1006, 1007, 1008, 1009, 1010, 1011, 1012, 1013, 1014, 1015, 1016, 1017, 1018, 1019, 1020, 1021, 1022, 1023, 1024, 1025, 1026, 1027, 1028, 1029, 1030, 1031, 1032, 1033, 1034, 1035, 1036, 1037, 1038, 1039, 1040, 1041, 1042, 1043, 1044, 1045, 1046, 1047, 1048, 1049, 1050, 1051, 1052, 1053, 1054, 1055, 1056, 1057, 1058, 1059, 1060, 1061, 1062, 1063, 1064, 1065, 1066, 1067, 1068, 1069, 1070, 1071, 1072, 1073, 1074, 1075, 1076, 1077, 1078, 1079, 1080, 1081, 1082, 1083, 1084, 1085, 1086, 1087, 1088, 1089, 1090, 1091, 1092, 1093, 1094, 1095, 1096, 1097, 1098, 1099, 1100, 1101, 1102, 1103, 1104, 1105, 1106, 1107, 1108, 1109, 1110, 1111, 1112, 1113, 1114, 1115, 1116, 1117, 1118, 1119, 1120, 1121, 1122, 1123, 1124, 1125, 1126, 1127, 1128, 1129, 1130, 1131, 1132, 1133, 1134, 1135, 1136, 1137, 1138, 1139, 1140, 1141, 1142, 1143, 1144, 1145, 1146, 1147, 1148, 1149, 1150, 1151, 1152, 1153, 1154, 1155, 1156, 1157, 1158, 1159, 1160, 1161, 1162, 1163, 1164, 1165, 1166, 1167, 1168, 1169, 1170, 1171, 1172, 1173, 1174, 1175, 1176, 1177, 1178, 1179, 1180, 1181, 1182, 1183, 1184, 1185, 1186, 1187, 1188, 1189, 1190, 1191, 1192, 1193, 1194, 1195, 1196, 1197, 1198, 1199, 1200, 1201, 1202, 1203, 1204, 1205, 1206, 1207, 1208, 1209, 1210, 1211, 1212, 1213, 1214, 1215, 1216, 1217,

1218, 1219, 1220, 1221, 1222, 1223, 1224, 1225, 1226, 1227, 1228, 1229, 1230, 1231, 1232, 1233, 1234, 1235, 1236, 1237, 1238, 1239, 1240, 1241, 1242, 1243, 1244, 1245, 1246, 1247, 1248, 1249, 1250, 1251, 1252, 1253, 1254, 1255, 1256, 1257, 1258, 1259, 1260, 1261, 1262, 1263, 1264, 1265, 1266, 1267, 1268, 1269, 1270, 1271, 1272, 1273, 1274, 1275, 1276, 1277, 1278, 1279, 1280, 1281, 1282, 1283, 1284, 1285, 1286, 1287, 1288, 1289, 1290, 1291, 1292, 1293, 1294, 1295, 1296, 1297, 1298, 1299, 1300, 1301, 1302, 1303, 1304, 1305, 1306, 1307, 1308, 1309, 1310, 1311, 1312, 1313, 1314, 1315, 1316, 1317, 1318, 1319, 1320, 1321, 1322, 1323, 1324, 1325, 1326, 1327, 1328, 1329, 1330, 1331, 1332, 1333, 1334, 1335, 1336, 1337, 1338, 1339, 1340, 1341, 1342, 1343, 1344, 1345, 1346, 1347, 1348, 1349, 1350, 1351, 1352, 1353, 1354, 1355, 1356, 1357, 1358, 1359, 1360, 1361, 1362, 1363, 1364, 1365, 1366, 1367, 1368, 1369, 1370, 1371, 1372, 1373, 1374, 1375, 1376, 1377, 1378, 1379, 1380, 1381, 1382, 1383, 1384, 1385, 1386, 1387, 1388, 1389, 1390, 1391, 1392, 1393, 1394, 1395, 1396, 1397, 1398, 1399, 1400, 1401, 1402, 1403, 1404, 1405, 1406, 1407, 1408, 1409, 1410, 1411, 1412, 1413, 1414, 1415, 1416, 1417, 1418, 1419, 1420, 1421, 1422, 1423, 1424, 1425, 1426, 1427, 1428, 1429, 1430, 1431, 1432, 1433, 1434, 1435, 1436, 1437, 1438, 1439, 1440, 1441, 1442, 1443, 1444, 1445, 1446, 1447, 1448, 1449, 1450, 1451, 1452, 1453, 1454, 1455, 1456, 1457, 1458, 1459, 1460, 1461, 1462, 1463, 1464, 1465, 1466, 1467, 1468, 1469, 1470, 1471, 1472, 1473, 1474, 1475, 1476, 1477, 1478, 1479, 1480, 1481, 1482, 1483, 1484, 1485, 1486, 1487, 1488, 1489, 1490, 1491, 1492, 1493, 1494, 1495, 1496, 1497, 1498, 1499, 1500, 1501, 1502, 1503, 1504, 1505, 1506, 1507, 1508, 1509, 1510, 1511, 1512, 1513, 1514, 1515, 1516, 1517, 1518, 1519, 1520, 1521, 1522, 1523, 1524, 1525, 1526, 1527, 1528, 1529, 1530, 1531, 1532, 1533, 1534, 1535, 1536, 1537, 1538, 1539, 1540, 1541, 1542, 1543, 1544, 1545, 1546, 1547, 1548, 1549, 1550, 1551, 1552, 1553, 1554, 1555, 1556, 1557, 1558, 1559, 1560, 1561, 1562, 1563, 1564, 1565, 1566, 1567, 1568, 1569, 1570, 1571, 1572, 1573, 1574, 1575, 1576, 1577, 1578, 1579, 1580, 1581, 1582, 1583, 1584, 1585, 1586, 1587, 1588, 1589, 1590, 1591, 1592, 1593, 1594, 1595, 1596, 1597, 1598, 1599, 1600, 1601, 1602, 1603, 1604, 1605, 1606, 1607, 1608, 1609, 1610, 1611, 1612, 1613, 1614, 1615, 1616, 1617, 1618, 1619, 1620, 1621, 1622, 1623, 1624, 1625, 1626, 1627, 1628, 1629, 1630, 1631, 1632, 1633, 1634, 1635, 1636, 1637, 1638, 1639, 1640, 1641, 1642, 1643, 1644, 1645, 1646, 1647, 1648, 1649, 1650, 1651, 1652, 1653, 1654, 1655, 1656, 1657, 1658, 1659, 1660, 1661, 1662, 1663, 1664, 1665, 1666, 1667, 1668, 1669, 1670, 1671, 1672, 1673, 1674, 1675, 1676, 1677, 1678, 1679, 1680, 1681, 1682, 1683, 1684, 1685, 1686, 1687, 1688, 1689, 1690, 1691, 1692, 1693, 1694, 1695, 1696, 1697, 1698, 1699, 1700, 1701, 1702, 1703, 1704, 1705, 1706, 1707, 1708, 1709, 1710, 1711, 1712, 1713, 1714, 1715, 1716, 1717, 1718, 1719, 1720, 1721, 1722, 1723, 1724, 1725, 1726, 1727, 1728,

1729, 1730, 1731, 1732, 1733, 1734, 1735, 1736, 1737, 1738, 1739, 1740, 1741, 1742, 1743, 1744, 1745, 1746, 1747, 1748, 1749, 1750, 1751, 1752, 1753, 1754, 1755, 1756, 1757, 1758, 1759, 1760, 1761, 1762, 1763, 1764, 1765, 1766, 1767, 1768, 1769, 1770, 1771, 1772, 1773, 1774, 1775, 1776, 1777, 1778, 1779, 1780, 1781, 1782, 1783, 1784, 1785, 1786, 1787, 1788, 1789, 1790, 1791, 1792, 1793, 1794, 1795, 1796, 1797, 1798, 1799, 1800, 1801, 1802, 1803, 1804, 1805, 1806, 1807, 1808, 1809, 1810, 1811, 1812, 1813, 1814, 1815, 1816, 1817, 1818, 1819, 1820, 1821, 1822, 1823, 1824, 1825, 1826, 1827, 1828, 1829, 1830, 1831, 1832, 1833, 1834, 1835, 1836, 1837, 1838, 1839, 1840, 1841, 1842, 1843, 1844, 1845, 1846, 1847, 1848, 1849, 1850, 1851, 1852, 1853, 1854, 1855, 1856, 1857, 1858, 1859, 1860, 1861, 1862, 1863, 1864, 1865, 1866, 1867, 1868, 1869, 1870, 1871, 1872, 1873, 1874, 1875, 1876, 1877, 1878, 1879, 1880, 1881, 1882, 1883, 1884, 1885, 1886, 1887, 1888, 1889, 1890, 1891, 1892, 1893, 1894, 1895, 1896, 1897, 1898, 1899, 1900, 1901, 1902, 1903, 1904, 1905, 1906, 1907, 1908, 1909, 1910, 1911, 1912, 1913, 1914, 1915, 1916, 1917, 1918, 1919, 1920, 1921, 1922, 1923, 1924, 1925, 1926, 1927, 1928, 1929, 1930, 1931, 1932, 1933, 1934, 1935, 1936, 1937, 1938, 1939, 1940, 1941, 1942, 1943, 1944, 1945, 1946, 1947, 1948, 1949, 1950, 1951, 1952, 1953, 1954, 1955, 1956, 1957, 1958, 1959, 1960, 1961, 1962, 1963, 1964, 1965, 1966, 1967, 1968, 1969, 1970, 1971, 1972, 1973, 1974, 1975, 1976, 1977, 1978, 1979, 1980, 1981, 1982, 1983, 1984, 1985, 1986, 1987, 1988, 1989, 1990, 1991, 1992, 1993, 1994, 1995, 1996, 1997, 1998, 1999, 2000, 2001, 2002, 2003, 2004, 2005, 2006, 2007, 2008, 2009, 2010, 2011, 2012, 2013, 2014, 2015, 2016, 2017, 2018, 2019, 2020, 2021, 2022, 2023, 2024, 2025, 2026, 2027, 2028, 2029, 2030, 2031, 2032, 2033, 2034, 2035, 2036, 2037, 2038, 2039, 2040, 2041, 2042, 2043, 2044, 2045, 2046, 2047, 2048, 2049, 2050, 2051, 2052, 2053, 2054, 2055, 2056, 2057, 2058, 2059, 2060, 2061, 2062, 2063, 2064, 2065, 2066, 2067, 2068, 2069, 2070, 2071, 2072, 2073, 2074, 2075, 2076, 2077, 2078, 2079, 2080, 2081, 2082, 2083, 2084, 2085, 2086, 2087, 2088, 2089, 2090, 2091, 2092, 2093, 2094, 2095, 2096, 2097, 2098, 2099, 2100, 2101, 2102, 2103, 2104, 2105, 2106, 2107, 2108, 2109, 2110, 2111, 2112, 2113, 2114, 2115, 2116, 2117, 2118, 2119, 2120, 2121, 2122, 2123, 2124, 2125, 2126, 2127, 2128, 2129, 2130, 2131, 2132, 2133, 2134, 2135, 2136, 2137, 2138, 2139, 2140, 2141, 2142, 2143, 2144, 2145, 2146, 2147, 2148, 2149, 2150, 2151, 2152, 2153, 2154, 2155, 2156, 2157, 2158, 2159, 2160, 2161, 2162, 2163, 2164, 2165, 2166, 2167, 2168, 2169, 2170, 2171, 2172, 2173, 2174, 2175, 2176, 2177, 2178, 2179, 2180, 2181, 2182, 2183, 2184, 2185, 2186, 2187, 2188, 2189, 2190, 2191, 2192, 2193, 2194, 2195, 2196, 2197, 2198, 2199, 2200, 2201, 2202, 2203, 2204, 2205, 2206, 2207, 2208, 2209, 2210, 2211, 2212, 2213, 2214, 2215, 2216, 2217, 2218, 2219, 2220, 2221, 2222,

2223, 2224, 2225, 2226, 2227, 2228, 2229, 2230, 2231, 2232, 2233, 2234, 2235, 2236, 2237, 2238, 2239, 2240, 2241, 2242, 2243, 2244, 2245, 2246, 2247, 2248, 2249, 2250, 2251, 2252, 2253, 2254, 2255, 2256, 2257, 2258, 2259, 2260, 2261, 2262, 2263, 2264, 2265, 2266, 2267, 2268, 2269, 2270, 2271, 2272, 2273, 2274, 2275, 2276, 2277, 2278, 2279, 2280, 2281, 2282, 2283, 2284, 2285, 2286, 2287, 2288, 2289, 2290, 2291, 2292, 2293, 2294, 2295, 2296, 2297, 2298, 2299, 2300, 2301, 2302, 2303, 2304, 2305, 2306, 2307, 2308, 2309, 2310, 2311, 2312, 2313, 2314, 2315, 2316, 2317, 2318, 2319, 2320, 2321, 2322, 2323, 2324, 2325, 2326, 2327, 2328, 2329, 2330, 2331, 2332, 2333, 2334, 2335, 2336, 2337, 2338, 2339, 2340, 2341, 2342, 2343, 2344, 2345, 2346, 2347, 2348, 2349, 2350, 2351, 2352, 2353, 2354, 2355, 2356, 2357, 2358, 2359, 2360, 2361, 2362, 2363, 2364, 2365, 2366, 2367, 2368, 2369, 2370, 2371, 2372, 2373, 2374, 2375, 2376, 2377, 2378, 2379, 2380, 2381, 2382, 2383, 2384, 2385, 2386, 2387, 2388, 2389, 2390, 2391, 2392, 2393, 2394, 2395, 2396, 2397, 2398, 2399, 2400, 2401, 2402, 2403, 2404, 2405, 2406, 2407, 2408, 2409, 2410, 2411, 2412, 2413, 2414, 2415, 2416, 2417, 2418, 2419, 2420, 2421, 2422, 2423, 2424, 2425, 2426, 2427, 2428, 2429, 2430, 2431, 2432, 2433, 2434, 2435, 2436, 2437, 2438, 2439, 2440, 2441, 2442, 2443, 2444, 2445, 2446, 2447, 2448, 2449, 2450, 2451, 2452, 2453, 2454, 2455, 2456, 2457, 2458, 2459, 2460, 2461, 2462, 2463, 2464, 2465, 2466, 2467, 2468, 2469, 2470, 2471, 2472, 2473, 2474, 2475, 2476, 2477, 2478, 2479, 2480, 2481, 2482, 2483, 2484, 2485, 2486, 2487, 2488, 2489, 2490, 2491, 2492, 2493, 2494, 2495, 2496, 2497, 2498, 2499, 2500, 2501, 2502, 2503, 2504, 2505, 2506, 2507, 2508, 2509, 2510, 2511, 2512, 2513, 2514, 2515, 2516, 2517, 2518, 2519, 2520, 2521, 2522, 2523, 2524, 2525, 2526, 2527, 2528, 2529, 2530, 2531, 2532, 2533, 2534, 2535, 2536, 2537, 2538, 2539, 2540, 2541, 2542, 2543, 2544, 2545, 2546, 2547, 2548, 2549, 2550, 2551, 2552, 2553, 2554, 2555, 2556, 2557, 2558, 2559, 2560, 2561, 2562, 2563, 2564, 2565, 2566, 2567, 2568, 2569, 2570, 2571, 2572, 2573, 2574, 2575, 2576, 2577, 2578, 2579, 2580, 2581, 2582, 2583, 2584, 2585, 2586, 2587, 2588, 2589, 2590, 2591, 2592, 2593, 2594, 2595, 2596, 2597, 2598, 2599, 2600, 2601, 2602, 2603, 2604, 2605, 2606, 2607, 2608, 2609, 2610, 2611, 2612, 2613, 2614, 2615, 2616, 2617, 2618, 2619, 2620, 2621, 2622, 2623, 2624, 2625, 2626, 2627, 2628, 2629, 2630, 2631, 2632, 2633, 2634, 2635, 2636, 2637, 2638, 2639, 2640, 2641, 2642, 2643, 2644, 2645, 2646, 2647, 2648, 2649, 2650, 2651, 2652, 2653, 2654, 2655, 2656, 2657, 2658, 2659, 2660, 2661, 2662, 2663, 2664, 2665, 2666, 2667, 2668, 2669, 2670, 2671, 2672, 2673, 2674, 2675, 2676, 2677, 2678, 2679, 2680, 2681, 2682, 2683, 2684, 2685, 2686, 2687, 2688, 2689, 2690, 2691, 2692, 2693, 2694, 2695, 2696, 2697, 2698, 2699, 2700, 2701, 2702, 2703, 2704, 2705, 2706,

2707, 2708, 2709, 2710, 2711, 2712, 2713, 2714, 2715, 2716, 2717, 2718, 2719, 2720, 2721, 2722, 2723, 2724, 2725, 2726, 2727, 2728, 2729, 2730, 2731, 2732, 2733, 2734, 2735, 2736, 2737, 2738, 2739, 2740, 2741, 2742, 2743, 2744, 2745, 2746, 2747, 2748, 2749, 2750, 2751, 2752, 2753, 2754, 2755, 2756, 2757, 2758, 2759, 2760, 2761, 2762, 2763, 2764, 2765, 2766, 2767, 2768, 2769, 2770, 2771, 2772, 2773, 2774, 2775, 2776, 2777, 2778, 2779, 2780, 2781, 2782, 2783, 2784, 2785, 2786, 2787, 2788, 2789, 2790, 2791, 2792, 2793, 2794, 2795, 2796, 2797, 2798, 2799, 2800, 2801, 2802, 2803, 2804, 2805, 2806, 2807, 2808, 2809, 2810, 2811, 2812, 2813, 2814, 2815, 2816, 2817, 2818, 2819, 2820, 2821, 2822, 2823, 2824, 2825, 2826, 2827, 2828, 2829, 2830, 2831, 2832, 2833, 2834, 2835, 2836, 2837, 2838, 2839, 2840, 2841, 2842, 2843, 2844, 2845, 2846, 2847, 2848, 2849, 2850, 2851, 2852, 2853, 2854, 2855, 2856, 2857, 2858, 2859, 2860, 2861, 2862, 2863, 2864, 2865, 2866, 2867, 2868, 2869, 2870, 2871, 2872, 2873, 2874, 2875, 2876, 2877, 2878, 2879, 2880, 2881, 2882, 2883, 2884, 2885, 2886, 2887, 2888, 2889, 2890, 2891, 2892, 2893, 2894, 2895, 2896, 2897, 2898, 2899, 2900, 2901, 2902, 2903, 2904, 2905, 2906, 2907, 2908, 2909, 2910, 2911, 2912, 2913, 2914, 2915, 2916, 2917, 2918, 2919, 2920, 2921, 2922, 2923, 2924, 2925, 2926, 2927, 2928, 2929, 2930, 2931, 2932, 2933, 2934, 2935, 2936, 2937, 2938, 2939, 2940, 2941, 2942, 2943, 2944, 2945, 2946, 2947, 2948, 2949, 2950, 2951, 2952, 2953, 2954, 2955, 2956, 2957, 2958, 2959, 2960, 2961, 2962, 2963, 2964, 2965, 2966, 2967, 2968, 2969, 2970, 2971, 2972, 2973, 2974, 2975, 2976, 2977, 2978, 2979, 2980, 2981, 2982, 2983, 2984, 2985, 2986, 2987, 2988, 2989, 2990, 2991, 2992, 2993, 2994, 2995, 2996, 2997, 2998, 2999, 3000, 3001, 3002, 3003, 3004, 3005, 3006, 3007, 3008, 3009, 3010, 3011, 3012, 3013, 3014, 3015, 3016, 3017, 3018, 3019, 3020, 3021, 3022, 3023, 3024, 3025, 3026, 3027, 3028, 3029, 3030, 3031, 3032, 3033, 3034, 3035, 3036, 3037, 3038, 3039, 3040, 3041, 3042, 3043, 3044, 3045, 3046, 3047, 3048, 3049, 3050, 3051, 3052, 3053, 3054, 3055, 3056, 3057, 3058, 3059, 3060, 3061, 3062, 3063, 3064, 3065, 3066, 3067, 3068, 3069, 3070, 3071, 3072, 3073, 3074, 3075, 3076, 3077, 3078, 3079, 3080, 3081, 3082, 3083, 3084, 3085, 3086, 3087, 3088, 3089, 3090, 3091, 3092, 3093, 3094, 3095, 3096, 3097, 3098, 3099, 3100, 3101, 3102, 3103, 3104, 3105, 3106, 3107, 3108, 3109, 3110, 3111, 3112, 3113, 3114, 3115, 3116, 3117, 3118, 3119, 3120, 3121, 3122, 3123, 3124, 3125, 3126, 3127, 3128, 3129, 3130, 3131, 3132, 3133, 3134, 3135, 3136, 3137, 3138, 3139, 3140, 3141, 3142, 3143, 3144, 3145, 3146, 3147, 3148, 3149, 3150, 3151, 3152, 3153, 3154, 3155, 3156, 3157, 3158, 3159, 3160, 3161, 3162, 3163, 3164, 3165, 3166, 3167, 3168, 3169, 3170, 3171, 3172, 3173, 3174, 3175, 3176, 3177, 3178, 3179, 3180, 3181, 3182, 3183, 3184, 3185, 3186, 3187, 3188, 3189, 3190, 3191, 3192, 3193, 3194, 3195, 3196, 3197, 3198, 3199, 3200,

3201, 3202, 3203, 3204, 3205, 3206, 3207, 3208, 3209, 3210, 3211, 3212, 3213,
3214, 3215, 3216, 3217, 3218, 3219, 3220, 3221, 3222, 3223, 3224, 3225, 3226,
3227, 3228, 3229, 3230, 3231, 3232, 3233, 3234, 3235, 3236, 3237, 3238, 3239,
3240, 3241, 3242, 3243, 3244, 3245, 3246, 3247, 3248, 3249, 3250, 3251, 3252,
3253, 3254, 3255, 3256, 3257, 3258, 3259, 3260, 3261, 3262, 3263, 3264, 3265,
3266, 3267, 3268, 3269, 3270, 3271, 3272, 3273, 3274, 3275, 3276, 3277, 3278,
3279, 3280, 3281, 3282, 3283, 3284, 3285, 3286, 3287, 3288, 3289, 3290, 3291,
3292, 3293, 3294, 3295, 3296, 3297, 3298, 3299, 3300, 3301, 3302, 3303, 3304,
3305, 3306, 3307, 3308, 3309, 3310, 3311, 3312, 3313, 3314, 3315, 3316, 3317, 3318,
3319, 3320, 3321, 3322, 3323, 3324, 3325, 3326, 3327, 3328, 3329, 3330, 3331,
3332, 3333, 3334, 3335, 3336, 3337, 3338, 3339, 3340, 3341, 3342, 3343, 3344,
3345, 3346, 3347, 3348, 3349, 3350, 3351, 3352, 3353, 3354, 3355, 3356, 3357,
3358, 3359, 3360, 3361, 3362, 3363, 3364, 3365, 3366, 3367, 3368, 3369, 3370,
3371, 3372, 3373, 3374, 3375, 3376, 3377, 3378, 3379, 3380, 3381, 3382, 3383,
3384, 3385, 3386, 3387, 3388, 3389, 3390, 3391, 3392, 3393, 3394, 3395, 3396,
3397, 3398, 3399, 3400, 3401, 3402, 3403, 3404, 3405, 3406, 3407, 3408, 3409,
3410, 3411, 3412, 3413, 3414, 3415, 3416, 3417, 3418, 3419, 3420, 3421, 3422,
3423, 3424, 3425, 3426, 3427, 3428, 3429, 3430, 3431, 3432, 3433, 3434, 3435,
3436, 3437, 3438, 3439, 3440, 3441, 3442, 3443, 3444, 3445, 3446, 3447, 3448,
3449, 3450, 3451, 3452, 3453, 3454, 3455, 3456, 3457, 3458, 3459, 3460, 3461,
3462, 3463, 3464, 3465, 3466, 3467, 3468, 3469, 3470, 3471, 3472, 3473, 3474,
3475, 3476, 3477, 3478, 3479, 3480, 3481, 3482, 3483, 3484, 3485, 3486, 3487,
3488, 3489, 3490, 3491, 3492, 3493, 3494, 3495, 3496, 3497, 3498, 3499,
3500, 3501, 3502, 3503, 3504, 3505, 3506, 3507, 3508, 3509, 3510, 3511, 3512,
3513, 3514, 3515, 3516, 3517, 3518, 3519, 3520, 3521, 3522, 3523, 3524, 3525, 3526,
3527, 3528, 3529, 3530, 3531, 3532, 3533, 3534, 3535, 3536, 3537, 3538, 3539, 3540,
3541, 3542, 3543, 3544, 3545, 3546, 3547, 3548, 3549, 3550, 3551, 3552, 3553,
3554, 3555, 3556, 3557, 3558, 3559, 3560, 3561, 3562, 3563, 3564, 3565, 3566,
3567, 3568, 3569, 3570, 3571, 3572, 3573, 3574, 3575, 3576, 3577, 3578, 3579,
3580, 3581, 3582, 3583, 3584, 3585, 3586, 3587, 3588, 3589, 3590, 3591, 3592,
3593, 3594, 3595, 3596, 3597, 3598, 3599, 3600, 3601, 3602, 3603, 3604, 3605,
3606, 3607, 3608, 3609, 3610, 3611, 3612, 3613, 3614, 3615, 3616, 3617, 3618,
3619, 3620, 3621, 3622, 3623, 3624, 3625, 3626, 3627, 3628, 3629, 3630, 3631,
3632, 3633, 3634, 3635, 3636, 3637, 3638, 3639, 3640, 3641, 3642, 3643, 3644,
3645, 3646, 3647, 3648, 3649, 3650, 3651, 3652, 3653, 3654, 3655, 3656, 3657,
3658, 3659, 3660, 3661, 3662, 3663, 3664, 3665, 3666, 3667, 3668, 3669, 3670,
3671, 3672, 3673, 3674, 3675, 3676, 3677, 3678, 3679, 3680, 3681, 3682, 3683,
3684, 3685, 3686, 3687, 3688, 3689, 3690, 3691, 3692, 3693, 3694, 3695, 3696,

3697, 3698, 3699, 3700, 3701, 3702, 3703, 3704, 3705, 3706, 3707, 3708, 3709,
3710, 3711, 3712, 3713, 3714, 3715, 3716, 3717, 3718, 3719, 3720, 3721, 3722,
3723, 3724, 3725, 3726, 3727, 3728, 3729, 3730, 3731, 3732, 3733, 3734, 3735,
3736, 3737, 3738, 3739, 3740, 3741, 3742, 3743, 3744, 3745, 3746, 3747, 3748,
3749, 3750, 3751, 3752, 3753, 3754, 3755, 3756, 3757, 3758, 3759, 3760, 3761,
3762, 3763, 3764, 3765, 3766, 3767, 3768, 3769, 3770, 3771, 3772, 3773, 3774,
3775, 3776, 3777, 3778, 3779, 3780, 3781, 3782, 3783, 3784, 3785, 3786, 3787,
3788, 3789, 3790, 3791, 3792, 3793, 3794, 3795, 3796, 3797, 3798, 3799, 3800,
3801, 3802, 3803, 3804, 3805, 3806, 3807, 3808, 3809, 3810, 3811, 3812, 3813,
3814, 3815, 3816, 3817, 3818, 3819, 3820, 3821, 3822, 3823, 3824, 3825, 3826,
3827, 3828, 3829, 3830, 3831, 3832, 3833, 3834, 3835, 3836, 3837, 3838, 3839,
3840, 3841, 3842, 3843, 3844, 3845, 3846, 3847, 3848, 3849, 3850, 3851, 3852,
3853, 3854, 3855, 3856, 3857, 3858, 3859, 3860, 3861, 3862, 3863, 3864, 3865,
3866, 3867, 3868, 3869, 3870, 3871, 3872, 3873, 3874, 3875, 3876, 3877, 3878,
3879, 3880, 3881, 3882, 3883, 3884, 3885, 3886, 3887, 3888, 3889, 3890, 3891,
3892, 3893, 3894, 3895, 3896, 3897, 3898, 3899, 3900, 3901, 3902, 3903, 3904,
3905, 3906, 3907, 3908, 3909, 3910, 3911, 3912, 3913, 3914, 3915, 3916, 3917,
3918, 3919, 3920, 3921, 3922, 3923, 3924, 3925, 3926, 3927, 3928, 3929, 3930,
3931, 3932, 3933, 3934, 3935, 3936, 3937, 3938, 3939, 3940, 3941, 3942, 3943,
3944, 3945, 3946, 3947, 3948, 3949, 3950, 3951, 3952, 3953, 3954, 3955, 3956,
3957, 3958, 3959, 3960, 3961, 3962, 3963, 3964, 3965, 3966, 3967, 3968, 3969,
3970, 3971, 3972, 3973, 3974, 3975, 3976, 3977, 3978, 3979, 3980, 3981, 3982,
3983, 3984, 3985, 3986, 3987, 3988, 3989, 3990, 3991, 3992, 3993, 3994, 3995,
3996, 3997, 3998, 3999, 4000, 4001, 4002, 4003, 4004, 4005, 4006, 4007,
4008, 4009, 4010, 4011, 4012, 4013, 4014, 4015, 4016, 4017, 4018, 4019,
4020, 4021, 4022, 4023, 4024, 4025, 4026, 4027, 4028, 4029, 4030, 4031,
4032, 4033, 4034, 4035, 4036, 4037, 4038, 4039, 4040, 4041, 4042, 4043,
4044, 4045, 4046, 4047, 4048, 4049, 4050, 4051, 4052, 4053, 4054, 4055,
4056, 4057, 4058, 4059, 4060, 4061, 4062, 4063, 4064, 4065, 4066, 4067,
4068, 4069, 4070, 4071, 4072, 4073, 4074, 4075, 4076, 4077, 4078, 4079,
4080, 4081, 4082, 4083, 4084, 4085, 4086, 4087, 4088, 4089, 4090, 4091,
4092, 4093, 4094, 4095, 4096, 4097, 4098, 4099, 4100, 4101, 4102, 4103,
4104, 4105, 4106, 4107, 4108, 4109, 4110, 4111, 4112, 4113, 4114, 4115, 4116,
4117, 4118, 4119, 4120, 4121, 4122, 4123, 4124, 4125, 4126, 4127, 4128, 4129,
4130, 4131, 4132, 4133, 4134, 4135, 4136, 4137, 4138, 4139, 4140, 4141, 4142,
4143, 4144, 4145, 4146, 4147, 4148, 4149, 4150, 4151, 4152, 4153, 4154, 4155,
4156, 4157, 4158, 4159, 4160, 4161, 4162, 4163, 4164, 4165, 4166, 4167, 4168,
4169, 4170, 4171, 4172, 4173, 4174, 4175, 4176, 4177, 4178, 4179, 4180, 4181,

4182, 4183, 4184, 4185, 4186, 4187, 4188, 4189, 4190, 4191, 4192, 4193, 4194, 4195, 4196, 4197, 4198, 4199, 4200, 4201, 4202, 4203, 4204, 4205, 4206, 4207, 4208, 4209, 4210, 4211, 4212, 4213, 4214, 4215, 4216, 4217, 4218, 4219, 4220, 4221, 4222, 4223, 4224, 4225, 4226, 4227, 4228, 4229, 4230, 4231, 4232, 4233, 4234, 4235, 4236, 4237, 4238, 4239, 4240, 4241, 4242, 4243, 4244, 4245, 4246, 4247, 4248, 4249, 4250, 4251, 4252, 4253, 4254, 4255, 4256, 4257, 4258, 4259, 4260, 4261, 4262, 4263, 4264, 4265, 4266, 4267, 4268, 4269, 4270, 4271, 4272, 4273, 4274, 4275, 4276, 4277, 4278, 4279, 4280, 4281, 4282, 4283, 4284, 4285, 4286, 4287, 4288, 4289, 4290, 4291, 4292, 4293, 4294, 4295, 4296, 4297, 4298, 4299, 4300, 4301, 4302, 4303, 4304, 4305, 4306, 4307, 4308, 4309, 4310, 4311, 4312, 4313, 4314, 4315, 4316, 4317, 4318, 4319, 4320, 4321, 4322, 4323, 4324, 4325, 4326, 4327, 4328, 4329, 4330, 4331, 4332, 4333, 4334, 4335, 4336, 4337, 4338, 4339, 4340, 4341, 4342, 4343, 4344, 4345, 4346, 4347, 4348, 4349, 4350, 4351, 4352, 4353, 4354, 4355, 4356, 4357, 4358, 4359, 4360, 4361, 4362, 4363, 4364, 4365, 4366, 4367, 4368, 4369, 4370, 4371, 4372, 4373, 4374, 4375, 4376, 4377, 4378, 4379, 4380, 4381, 4382, 4383, 4384, 4385, 4386, 4387, 4388, 4389, 4390, 4391, 4392, 4393, 4394, 4395, 4396, 4397, 4398, 4399, 4400, 4401, 4402, 4403, 4404, 4405, 4406, 4407, 4408, 4409, 4410, 4411, 4412, 4413, 4414, 4415, 4416, 4417, 4418, 4419, 4420, 4421, 4422, 4423, 4424, 4425, 4426, 4427, 4428, 4429, 4430, 4431, 4432, 4433, 4434, 4435, 4436, 4437, 4438, 4439, 4440, 4441, 4442, 4443, 4444, 4445, 4446, 4447, 4448, 4449, 4450, 4451, 4452, 4453, 4454, 4455, 4456, 4457, 4458, 4459, 4460, 4461, 4462, 4463, 4464, 4465, 4466, 4467, 4468, 4469, 4470, 4471, 4472, 4473, 4474, 4475, 4476, 4477, 4478, 4479, 4480, 4481, 4482, 4483, 4484, 4485, 4486, 4487, 4488, 4489, 4490, 4491, 4492, 4493, 4494, 4495, 4496, 4497, 4498, 4499, 4500, 4501, 4502, 4503, 4504, 4505, 4506, 4507, 4508, 4509, 4510, 4511, 4512, 4513, 4514, 4515, 4516, 4517, 4518, 4519, 4520, 4521, 4522, 4523, 4524, 4525, 4526, 4527, 4528, 4529, 4530, 4531, 4532, 4533, 4534, 4535, 4536, 4537, 4538, 4539, 4540, 4541, 4542, 4543, 4544, 4545, 4546, 4547, 4548, 4549, 4550, 4551, 4552, 4553, 4554, 4555, 4556, 4557, 4558, 4559, 4560, 4561, 4562, 4563, 4564, 4565, 4566, 4567, 4568, 4569, 4570, 4571, 4572, 4573, 4574, 4575, 4576, 4577, 4578, 4579, 4580, 4581, 4582, 4583, 4584, 4585, 4586, 4587, 4588, 4589, 4590, 4591, 4592, 4593, 4594, 4595, 4596, 4597, 4598, 4599, 4600, 4601, 4602, 4603, 4604, 4605, 4606, 4607, 4608, 4609, 4610, 4611, 4612, 4613, 4614, 4615, 4616, 4617, 4618, 4619, 4620, 4621, 4622, 4623, 4624, 4625, 4626, 4627, 4628, 4629, 4630, 4631, 4632, 4633, 4634, 4635, 4636, 4637, 4638, 4639, 4640, 4641, 4642, 4643, 4644, 4645, 4646, 4647, 4648, 4649, 4650, 4651, 4652, 4653, 4654, 4655, 4656, 4657, 4658, 4659,

4660, 4661, 4662, 4663, 4664, 4665, 4666, 4667, 4668, 4669, 4670, 4671, 4672, 4673, 4674, 4675, 4676, 4677, 4678, 4679, 4680, 4681, 4682, 4683, 4684, 4685, 4686, 4687, 4688, 4689, 4690, 4691, 4692, 4693, 4694, 4695, 4696, 4697, 4698, 4699, 4700, 4701, 4702, 4703, 4704, 4705, 4706, 4707, 4708, 4709, 4710, 4711, 4712, 4713, 4714, 4715, 4716, 4717, 4718, 4719, 4720, 4721, 4722, 4723, 4724, 4725, 4726, 4727, 4728, 4729, 4730, 4731, 4732, 4733, 4734, 4735, 4736, 4737, 4738, 4739, 4740, 4741, 4742, 4743, 4744, 4745, 4746, 4747, 4748, 4749, 4750, 4751, 4752, 4753, 4754, 4755, 4756, 4757, 4758, 4759, 4760, 4761, 4762, 4763, 4764, 4765, 4766, 4767, 4768, 4769, 4770, 4771, 4772, 4773, 4774, 4775, 4776, 4777, 4778, 4779, 4780, 4781, 4782, 4783, 4784, 4785, 4786, 4787, 4788, 4789, 4790, 4791, 4792, 4793, 4794, 4795, 4796, 4797, 4798, 4799, 4800, 4801, 4802, 4803, 4804, 4805, 4806, 4807, 4808, 4809, 4810, 4811, 4812, 4813, 4814, 4815, 4816, 4817, 4818, 4819, 4820, 4821, 4822, 4823, 4824, 4825, 4826, 4827, 4828, 4829, 4830, 4831, 4832, 4833, 4834, 4835, 4836, 4837, 4838, 4839, 4840, 4841, 4842, 4843, 4844, 4845, 4846, 4847, 4848, 4849, 4850, 4851, 4852, 4853, 4854, 4855, 4856, 4857, 4858, 4859, 4860, 4861, 4862, 4863, 4864, 4865, 4866, 4867, 4868, 4869, 4870, 4871, 4872, 4873, 4874, 4875, 4876, 4877, 4878, 4879, 4880, 4881, 4882, 4883, 4884, 4885, 4886, 4887, 4888, 4889, 4890, 4891, 4892, 4893, 4894, 4895, 4896, 4897, 4898, 4899, 4900, 4901, 4902, 4903, 4904, 4905, 4906, 4907, 4908, 4909, 4910, 4911, 4912, 4913, 4914, 4915, 4916, 4917, 4918, 4919, 4920, 4921, 4922, 4923, 4924, 4925, 4926, 4927, 4928, 4929, 4930, 4931, 4932, 4933, 4934, 4935, 4936, 4937, 4938, 4939, 4940, 4941, 4942, 4943, 4944, 4945, 4946, 4947, 4948, 4949, 4950, 4951, 4952, 4953, 4954, 4955, 4956, 4957, 4958, 4959, 4960, 4961, 4962, 4963, 4964, 4965, 4966, 4967, 4968, 4969, 4970, 4971, 4972, 4973, 4974, 4975, 4976, 4977, 4978, 4979, 4980, 4981, 4982, 4983, 4984, 4985, 4986, 4987, 4988, 4989, 4990, 4991, 4992, 4993, 4994, 4995, 4996, 4997, 4998, 4999, 5000, 5001, 5002, 5003, 5004, 5005, 5006, 5007, 5008, 5009, 5010, 5011, 5012, 5013, 5014, 5015, 5016, 5017, 5018, 5019, 5020, 5021, 5022, 5023, 5024, 5025, 5026, 5027, 5028, 5029, 5030, 5031, 5032, 5033, 5034, 5035, 5036, 5037, 5038, 5039, 5040, 5041, 5042, 5043, 5044, 5045, 5046, 5047, 5048, 5049, 5050, 5051, 5052, 5053, 5054, 5055, 5056, 5057, 5058, 5059, 5060, 5061, 5062, 5063, 5064, 5065, 5066, 5067, 5068, 5069, 5070, 5071, 5072, 5073, 5074, 5075, 5076, 5077, 5078, 5079, 5080, 5081, 5082, 5083, 5084, 5085, 5086, 5087, 5088, 5089, 5090, 5091, 5092, 5093, 5094, 5095, 5096, 5097, 5098, 5099, 5100, 5101, 5102, 5103, 5104, 5105, 5106, 5107, 5108, 5109, 5110, 5111, 5112, 5113, 5114, 5115, 5116, 5117, 5118, 5119, 5120, 5121, 5122, 5123, 5124, 5125, 5126, 5127, 5128, 5129, 5130, 5131, 5132, 5133, 5134, 5135, 5136,

5137, 5138, 5139, 5140, 5141, 5142, 5143, 5144, 5145, 5146, 5147, 5148, 5149,
5150, 5151, 5152, 5153, 5154, 5155, 5156, 5157, 5158, 5159, 5160, 5161, 5162, 5163,
5164, 5165, 5166, 5167, 5168, 5169, 5170, 5171, 5172, 5173, 5174, 5175, 5176, 5177,
5178, 5179, 5180, 5181, 5182, 5183, 5184, 5185, 5186, 5187, 5188, 5189, 5190, 5191,
5192, 5193, 5194, 5195, 5196, 5197, 5198, 5199, 5200, 5201, 5202, 5203, 5204,
5205, 5206, 5207, 5208, 5209, 5210, 5211, 5212, 5213, 5214, 5215, 5216, 5217,
5218, 5219, 5220, 5221, 5222, 5223, 5224, 5225, 5226, 5227, 5228, 5229, 5230,
5231, 5232, 5233, 5234, 5235, 5236, 5237, 5238, 5239, 5240, 5241, 5242, 5243,
5244, 5245, 5246, 5247, 5248, 5249, 5250, 5251, 5252, 5253, 5254, 5255, 5256,
5257, 5259, 5260, 5261, 5262, 5263, 5264, 5265, 5266, 5267, 5268, 5269, 5270,
5271, 5272, 5273, 5274, 5275, 5276, 5277, 5278, 5279, 5280, 5281, 5282, 5283,
5284, 5285, 5286, 5287, 5288, 5289, 5290, 5291, 5292, 5293, 5294, 5295, 5296,
5297, 5298, 5299, 5300, 5301, 5302, 5303, 5304, 5305, 5306, 5307, 5308, 5309,
5310, 5311, 5312, 5313, 5314, 5315, 5316, 5317, 5318, 5319, 5320, 5321, 5322, 5323,
5324, 5325, 5326, 5327, 5328, 5329, 5330, 5331, 5332, 5333, 5334, 5335, 5336, 5337,
5338, 5339, 5340, 5341, 5342, 5343, 5344, 5345, 5346, 5347, 5348, 5349, 5350,
5351, 5352, 5353, 5354, 5355, 5356, 5357, 5358, 5359, 5360, 5361, 5362, 5363, 5364,
5365, 5366, 5367, 5368, 5369, 5370, 5371, 5372, 5373, 5374, 5375, 5376, 5377,
5378, 5379, 5380, 5381, 5382, 5383, 5384, 5385, 5386, 5387, 5388, 5389, 5390,
5391, 5392, 5393, 5394, 5395, 5396, 5397, 5398, 5399, 5400, 5401, 5402, 5403,
5404, 5405, 5406, 5407, 5408, 5409, 5410, 5411, 5412, 5413, 5414, 5415, 5416,
5417, 5418, 5419, 5420, 5421, 5422, 5423, 5424, 5425, 5426, 5427, 5428, 5429,
5430, 5431, 5432, 5433, 5434, 5435, 5436, 5437, 5438, 5439, 5440, 5441, 5442,
5443, 5444, 5445, 5446, 5447, 5448, 5449, 5450, 5451, 5452, 5453, 5454, 5455,
5456, 5457, 5458, 5459, 5460, 5461, 5462, 5463, 5464, 5465, 5466, 5467, 5468,
5469, 5470, 5471, 5472, 5473, 5474, 5475, 5476, 5477, 5478, 5479, 5480, 5481,
5482, 5483, 5484, 5485, 5486, 5487, 5488, 5489, 5490, 5491, 5492, 5493, 5494,
5495, 5496, 5497, 5498, 5499, 5500, 5501, 5502, 5503, 5504, 5505, 5506, 5507,
5508, 5509, 5510, 5511, 5512, 5513, 5514, 5515, 5516, 5517, 5518, 5519, 5520, 5521,
5522, 5523, 5524, 5525, 5526, 5527, 5528, 5529, 5530, 5531, 5532, 5533, 5534, 5535,
5536, 5537, 5538, 5539, 5540, 5541, 5542, 5543, 5544, 5545, 5546, 5547, 5548,
5549, 5550, 5551, 5552, 5553, 5554, 5555, 5556, 5557, 5558, 5559, 5560, 5561,
5562, 5563, 5564, 5565, 5566, 5567, 5568, 5569, 5570, 5571, 5572, 5573, 5574,
5575, 5576, 5577, 5578, 5579, 5580, 5581, 5582, 5583, 5584, 5585, 5586, 5587,
5588, 5589, 5590, 5591, 5592, 5593, 5594, 5595, 5596, 5597, 5598, 5599, 5600,
5601, 5602, 5603, 5604, 5605, 5606, 5607, 5608, 5609, 5610, 5611, 5612, 5613,
5614, 5615, 5616, 5617, 5618, 5619, 5620, 5621, 5622, 5623, 5624, 5625, 5626,
5627, 5628, 5629, 5630, 5631, 5632, 5633, 5634, 5635, 5636, 5637, 5638, 5639,

5640, 5641, 5642, 5643, 5644, 5645, 5646, 5647, 5648, 5649, 5650, 5651, 5652,
5653, 5654, 5655, 5656, 5657, 5658, 5659, 5660, 5661, 5662, 5663, 5664, 5665,
5666, 5667, 5668, 5669, 5670, 5671, 5672, 5673, 5674, 5675, 5676, 5677, 5678,
5679, 5680, 5681, 5682, 5683, 5684, 5685, 5686, 5687, 5688, 5689, 5690, 5691,
5692, 5693, 5694, 5695, 5696, 5697, 5698, 5699, 5700, 5701, 5702, 5703, 5704,
5705, 5706, 5707, 5708, 5709, 5710, 5711, 5712, 5713, 5714, 5715, 5716, 5717,
5718, 5719, 5720, 5721, 5722, 5723, 5724, 5725, 5726, 5727, 5728, 5729, 5730,
5731, 5732, 5733, 5734, 5735, 5736, 5737, 5738, 5739, 5740, 5741, 5742, 5743,
5744, 5745, 5746, 5747, 5748, 5749, 5750, 5751, 5752, 5753, 5754, 5755, 5756,
5757, 5758, 5759, 5760, 5761, 5762, 5763, 5764, 5765, 5766, 5767, 5768, 5769,
5770, 5771, 5772, 5773, 5774, 5775, 5776, 5777, 5778, 5779, 5780, 5781, 5782,
5783, 5784, 5785, 5786, 5787, 5788, 5789, 5790, 5791, 5792, 5793, 5794, 5795,
5796, 5797, 5798, 5799, 5800, 5801, 5802, 5803, 5804, 5805, 5806, 5807, 5808,
5809, 5810, 5811, 5812, 5813, 5814, 5815, 5816, 5817, 5818, 5819, 5820, 5821,
5822, 5823, 5824, 5825, 5826, 5827, 5828, 5829, 5830, 5831, 5832, 5833, 5834,
5835, 5836, 5837, 5838, 5839, 5840, 5841, 5842, 5843, 5844, 5845, 5846, 5847,
5848, 5849, 5850, 5851, 5852, 5853, 5854, 5855, 5856, 5857, 5858, 5859, 5860,
5861, 5862, 5863, 5864, 5865, 5866, 5867, 5868, 5869, 5870, 5871, 5872, 5873,
5874, 5875, 5876, 5877, 5878, 5879, 5880, 5881, 5882, 5883, 5884, 5885, 5886,
5887, 5888, 5889, 5890, 5891, 5892, 5893, 5894, 5895, 5896, 5897, 5898, 5899,
5900, 5901, 5902, 5903, 5904, 5905, 5906, 5907, 5908, 5909, 5910, 5911, 5912,
5913, 5914, 5915, 5916, 5917, 5918, 5919, 5920, 5921, 5922, 5923, 5924, 5925,
5926, 5927, 5928, 5929, 5930, 5931, 5932, 5933, 5934, 5935, 5936, 5937, 5938,
5939, 5940, 5941, 5942, 5943, 5944, 5945, 5946, 5947, 5948, 5949, 5950, 5951,
5952, 5953, 5954, 5955, 5956, 5957, 5958, 5959, 5960, 5961, 5962, 5963, 5964,
5965, 5966, 5967, 5968, 5969, 5970, 5971, 5972, 5973, 5974, 5975, 5976, 5977,
5978, 5979, 5980, 5981, 5982, 5983, 5984, 5985, 5986, 5987, 5988, 5989, 5990,
5991, 5992, 5993, 5994, 5995, 5996, 5997, 5998, 5999, 6000, 6001, 6002,
6003, 6004, 6005, 6006, 6007, 6008, 6009, 6010, 6011, 6012, 6013, 6014,
6015, 6016, 6017, 6018, 6019, 6020, 6021, 6022, 6023, 6024, 6025, 6026,
6027, 6028, 6029, 6030, 6031, 6032, 6033, 6034, 6035, 6036, 6037, 6038,
6039, 6040, 6041, 6042, 6043, 6044, 6045, 6046, 6047, 6048, 6049, 6050,
6051, 6052, 6053, 6054, 6055, 6056, 6057, 6058, 6059, 6060, 6061, 6062,
6063, 6064, 6065, 6066, 6067, 6068, 6069, 6070, 6071, 6072, 6073, 6074,
6075, 6076, 6077, 6078, 6079, 6080, 6081, 6082, 6083, 6084, 6085, 6086,
6087, 6088, 6089, 6090, 6091, 6092, 6093, 6094, 6095, 6096, 6097, 6098,
6099, 6100, 6101, 6102, 6103, 6104, 6105, 6106, 6107, 6108, 6109, 6110, 6111,
6112, 6113, 6114, 6115, 6116, 6117, 6118, 6119, 6120, 6121, 6122, 6123, 6124, 6125,

6126, 6127, 6128, 6129, 6130, 6131, 6132, 6133, 6134, 6135, 6136, 6137, 6138, 6139, 6140, 6141, 6142, 6143, 6144, 6145, 6146, 6147, 6148, 6149, 6150, 6151, 6152, 6153, 6154, 6155, 6156, 6157, 6158, 6159, 6160, 6161, 6162, 6163, 6164, 6165, 6166, 6167, 6168, 6169, 6170, 6171, 6172, 6173, 6174, 6175, 6176, 6177, 6178, 6179, 6180, 6181, 6182, 6183, 6184, 6185, 6186, 6187, 6188, 6189, 6190, 6191, 6192, 6193, 6194, 6195, 6196, 6197, 6198, 6199, 6200, 6201, 6202, 6203, 6204, 6205, 6206, 6207, 6208, 6209, 6210, 6211, 6212, 6213, 6214, 6215, 6216, 6217, 6218, 6219, 6220, 6221, 6222, 6223, 6224, 6225, 6226, 6227, 6228, 6229, 6230, 6231, 6232, 6233, 6234, 6235, 6236, 6237, 6238, 6239, 6240, 6241, 6242, 6243, 6244, 6245, 6246, 6247, 6248, 6249, 6250, 6251, 6252, 6253, 6254, 6255, 6256, 6257, 6258, 6259, 6260, 6261, 6262, 6263, 6264, 6265, 6266, 6267, 6268, 6269, 6270, 6271, 6272, 6273, 6274, 6275, 6276, 6277, 6278, 6279, 6280, 6281, 6282, 6283, 6284, 6285, 6286, 6287, 6288, 6289, 6290, 6291, 6292, 6293, 6294, 6295, 6296, 6297, 6298, 6299, 6300, 6301, 6302, 6303, 6304, 6305, 6306, 6307, 6308, 6309, 6310, 6311, 6312, 6313, 6314, 6315, 6316, 6317, 6318, 6319, 6320, 6321, 6322, 6323, 6324, 6325, 6326, 6327, 6328, 6329, 6330, 6331, 6332, 6333, 6334, 6335, 6336, 6337, 6338, 6339, 6340, 6341, 6342, 6343, 6344, 6345, 6346, 6347, 6348, 6349, 6350, 6351, 6352, 6353, 6354, 6355, 6356, 6357, 6358, 6359, 6360, 6361, 6362, 6363, 6364, 6365, 6366, 6367, 6368, 6369, 6370, 6371, 6372, 6373, 6374, 6375, 6376, 6377, 6378, 6379, 6380, 6381, 6382, 6383, 6384, 6385, 6386, 6387, 6388, 6389, 6390, 6391, 6392, 6393, 6394, 6395, 6396, 6397, 6398, 6399, 6400, 6401, 6402, 6403, 6404, 6405, 6406, 6407, 6408, 6409, 6410, 6411, 6412, 6413, 6414, 6415, 6416, 6417, 6418, 6419, 6420, 6421, 6422, 6423, 6424, 6425, 6426, 6427, 6428, 6429, 6430, 6431, 6432, 6433, 6434, 6435, 6436, 6437, 6438, 6439, 6440, 6441, 6442, 6443, 6444, 6445, 6446, 6447, 6448, 6449, 6450, 6451, 6452, 6453, 6454, 6455, 6456, 6457, 6458, 6459, 6460, 6461, 6462, 6463, 6464, 6465, 6466, 6467, 6468, 6469, 6470, 6471, 6472, 6473, 6474, 6475, 6476, 6477, 6478, 6479, 6480, 6481, 6482, 6483, 6484, 6485, 6486, 6487, 6488, 6489, 6490, 6491, 6492, 6493, 6494, 6495, 6496, 6497, 6498, 6499, 6500, 6501, 6502, 6503, 6504, 6505, 6506, 6507, 6508, 6509, 6510, 6511, 6512, 6513, 6514, 6515, 6516, 6517, 6518, 6519, 6520, 6521, 6522, 6523, 6524, 6525, 6526, 6527, 6528, 6529, 6530, 6531, 6532, 6533, 6534, 6535, 6536, 6537, 6538, 6539, 6540, 6541, 6542, 6543, 6544, 6545, 6546, 6547, 6548, 6549, 6550, 6551, 6552, 6553, 6554, 6555, 6556, 6557, 6558, 6559, 6560, 6561, 6562, 6563, 6564, 6565, 6566, 6567, 6568, 6569, 6570, 6571, 6572, 6573, 6574, 6575, 6576, 6577, 6578, 6579, 6580, 6581, 6582, 6583, 6584, 6585, 6586, 6587, 6588, 6589, 6590, 6591, 6592, 6593, 6594, 6595, 6596, 6597, 6598, 6599, 6600, 6601, 6602, 6603, 6604, 6605, 6606, 6607, 6608,

6609, 6610, 6611, 6612, 6613, 6614, 6615, 6616, 6617, 6618, 6619, 6620, 6621, 6622, 6623, 6624, 6625, 6626, 6627, 6628, 6629, 6630, 6631, 6632, 6633, 6634, 6635, 6636, 6637, 6638, 6639, 6640, 6641, 6642, 6643, 6644, 6645, 6646, 6647, 6648, 6649, 6650, 6651, 6652, 6653, 6654, 6655, 6656, 6657, 6658, 6659, 6660, 6661, 6662, 6663, 6664, 6665, 6666, 6667, 6668, 6669, 6670, 6671, 6672, 6673, 6674, 6675, 6676, 6677, 6678, 6679, 6680, 6681, 6682, 6683, 6684, 6685, 6686, 6687, 6688, 6689, 6690, 6691, 6692, 6693, 6694, 6695, 6696, 6697, 6698, 6699, 6700, 6701, 6702, 6703, 6704, 6705, 6706, 6707, 6708, 6709, 6710, 6711, 6712, 6713, 6714, 6715, 6716, 6717, 6718, 6719, 6720, 6721, 6722, 6723, 6724, 6725, 6726, 6727, 6728, 6729, 6730, 6731, 6732, 6733, 6734, 6735, 6736, 6737, 6738, 6739, 6740, 6741, 6742, 6743, 6744, 6745, 6746, 6747, 6748, 6749, 6750, 6751, 6752, 6753, 6754, 6755, 6756, 6757, 6758, 6759, 6760, 6761, 6762, 6763, 6764, 6765, 6766, 6767, 6768, 6769, 6770, 6771, 6772, 6773, 6774, 6775, 6776, 6777, 6778, 6779, 6780, 6781, 6782, 6783, 6784, 6785, 6786, 6787, 6788, 6789, 6790, 6791, 6792, 6793, 6794, 6795, 6796, 6797, 6798, 6799, 6800, 6801, 6802, 6803, 6804, 6805, 6806, 6807, 6808, 6809, 6810, 6811, 6812, 6813, 6814, 6815, 6816, 6817, 6818, 6819, 6820, 6821, 6822, 6823, 6824, 6825, 6826, 6827, 6828, 6829, 6830, 6831, 6832, 6833, 6834, 6835, 6836, 6837, 6838, 6839, 6840, 6841, 6842, 6843, 6844, 6845, 6846, 6847, 6848, 6849, 6850, 6851, 6852, 6853, 6854, 6855, 6856, 6857, 6858, 6859, 6860, 6861, 6862, 6863, 6864, 6865, 6866, 6867, 6868, 6869, 6870, 6871, 6872, 6873, 6874, 6875, 6876, 6877, 6878, 6879, 6880, 6881, 6882, 6883, 6884, 6885, 6886, 6887, 6888, 6889, 6890, 6891, 6892, 6893, 6894, 6895, 6896, 6897, 6898, 6899, 6900, 6901, 6902, 6903, 6904, 6905, 6906, 6907, 6908, 6909, 6910, 6911, 6912, 6913, 6914, 6915, 6916, 6917, 6918, 6919, 6920, 6921, 6922, 6923, 6924, 6925, 6926, 6927, 6928, 6929, 6930, 6931, 6932, 6933, 6934, 6935, 6936, 6937, 6938, 6939, 6940, 6941, 6942, 6943, 6944, 6945, 6946, 6947, 6948, 6949, 6950, 6951, 6952, 6953, 6954, 6955, 6956, 6957, 6958, 6959, 6960, 6961, 6962, 6963, 6964, 6965, 6966, 6967, 6968, 6969, 6970, 6971, 6972, 6973, 6974, 6975, 6976, 6977, 6978, 6979, 6980, 6981, 6982, 6983, 6984, 6985, 6986, 6987, 6988, 6989, 6990, 6991, 6992, 6993, 6994, 6995, 6996, 6997, 6998, 6999, 7000, 7001, 7002, 7003, 7004, 7005, 7006, 7007, 7008, 7009, 7010, 7011, 7012, 7013, 7014, 7015, 7016, 7017, 7018, 7019, 7020, 7021, 7022, 7023, 7024, 7025, 7026, 7027 fiquei assustado na hora. um caderno brochura de capa dura na cor vermelha de 96 páginas com mais da metade das folhas preenchidas com números. todos certinhos miudinhos enfileiradinhos do mesmo tamanhinho e separados por vírgulas como se uma máquina tivesse feito aquilo. ninguém tava olhando e enfiei o caderno na mala. desbaratinei fingindo que tava arrumando a mochila do piá e aí guardei todas as coisas que se espalharam pelo chão de novo bem rápido e deixei em cima da cadeira. uns minutos depois uma das professoras auxiliares veio passar umas lições pra gente e no fim da aula ela levou a mochila do piá pra direção. a piazada desceu pro pátio pra jogar bafo e eu fui correndo pra casa. queria muito ver o que mais tinha dentro daquele caderno.

pego o caderno vermelho de capa dura da mochila e sento perto da janela. tá uma noite quente e abafada. acendo uma vela pra galera pensar que já fui dormir e aqueles números brilham pra mim. fico indo e vindo pelas páginas e não consigo parar de pensar como alguém é capaz de fazer aquilo. cinquenta e sete páginas completamente preenchidas por números escritos em sequência a partir do zero e separados por vírgulas como se tivessem sido escritos por uma máquina até acabarem do nada no pé da quinquagésima sétima página sem a vírgula seguinte. simplesmente param ali. 7027. muito estranho. será que acabou a tinta da caneta? duvido. nunca vi uma caneta acabar. canetas não acabam. vão pra algum lugar e ficam lá por um tempo e depois reaparecem em um lugar nada a ver. meu pai disse que isso também acontece com os isqueiros. na tv passa a propaganda dessa marca com a caneta e o isqueiro em destaque brilhando fluorescentes com o universo estrelado ao fundo. aí vem uma voz grave de dublador de filme

FEITOS PARA SUMIR
NUNCA PARA ACABAR

continuo folheando as páginas em branco. quase no fim do caderno encontro alguns desenhos. esboços de uma assinatura e rostos sem as linhas que definem uma face. tudo meio solto. olhos e bocas com dentes sem os lábios sorrindo feito caveiras e narizes pontiagudos. em alguns há cabelos encaracolados e sobrancelhas. viro a página e há vários jogos de forca incompletos que eu tento completar e mais assinaturas. na página seguinte três declarações de amor. tô ligado quem é. é da sala do lado. ela senta bem na fileira da porta. na segunda carteira da frente pra trás. é uma guria meio loira de olhos bem azuis e bem gostosa. é mais velha que a gente. já repetiu de ano. só anda com as gostosas. não dá moral pra piazada. tá sempre enganchada com um piá lá na frente do colégio depois da aula se beijando deliciosamente. sempre um piá diferente do outro. todo mundo que eu conheço já foi meio afim dela. até eu já me peguei sonhando com ela. ela beija com a língua passando de um lado pro outro de um jeito muito tesão. diz que um piá da nossa sala já deu uns beijos nela. mentira. sempre róla essas lendas no colégio. esses tempos ela e mais duas foram pra direção porque tavam fumando escondidas no banheiro na quarta aula. elas sempre fumam no banheiro às terças-feiras na quarta aula. depois que todos os hinos do mundo são tocados e que o diretor babão dá a sua mijada típica no fim do recreio a fila de alunos sai do pátio e sobe pra sala de aula passando bem do lado do banheiro feminino. como é logo após o intervalo não fica ninguém vigiando aquela parte da escola porque tá todo mundo lá embaixo ouvindo a palestra do diretor. aí a galera dá o migué e se moca ali durante a quarta aula pra fumar ou pra dar uns beijos. os professores não tão nem aí. sempre falam que não tão nem aí. os professores tão cagando pros alunos. eles gostam mesmo é dos inteligentões. dos que tiram notas altas. desprezam a esperteza e a criatividade do resto. só o diretor que fica lá com o discursinho dele acreditando que todo mundo é igual e vocês vão crescer e vão se tornar o futuro do nosso país! vocês são o futuro desse país! por isso precisam se dedicar ao máximo para valorizar o estudo gratuito e de qualidade que a nossa escola e o estado oferecem a vocês! algumas terças atrás uma guria passou mal e teve de ser retirada da fila. ela era a representante da sala e ficava lá na frente virada pra nós pra que a gente não ficasse fazendo zona enquanto vossa santidade discursava no palanque. toda turma tem um representante vigia guarda polícia cagueta fiscal da lei e da ordem e acima de tudo os olhos da direção. ela começou a branquear e aí balançou balançou e PLÓF! vomitou bem no peito do jaguara do chiquinho. ele é o menor dos menores e é sempre o primeiro da fila desde que eu entrei nesse colégio. é a primeira vez que estudamos na mesma turma. na verdade ele que veio de outra turma porque tavam dando muita porrada nele. dois caras encarnaram nele e a parada só se resolveu porque um deles foi expulso e o outro convidado a se retirar. quebraram o braço do chiquinho uma vez. foi bem foda. o colégio inteiro ficou sabendo e meio que todo mundo até pensou em se rebelar contra eles mas acho que os dois davam conta do colégio inteiro na porrada então não fizeram nada. o que quebrou o braço foi expulso por justa causa e o amigo dele a escola pediu gentilmente para que os pais trocassem ele de colégio porque a direção sacou que se não tomasse uma atitude com o outro piá a associação de pais ia cair de pau. até chegou a rolar um protestinho e tal mas a escola foi rápida e vazou com os dois. aí ela foi cambaleando até o corredor que fica bem embaixo da onde o diretor tava gralhando. parou tudo nessa hora. todo mundo saiu correndo pra acudir a guria. ela usava aquelas bombinhas de ar e deu um susto na galera porque ela começou a ficar roxa mas aí a prima dela já chegou e tomou conta de tudo e PSHHH! PSHHH! deu duas baforadas da bombinha na guela dela e aí ela deu umas tossidas e PLAW! em cinco minutos tava novinha em folha subindo as escadas pra sala de aula. uns dias depois descobriram que na verdade ela tava grávida. a parada da bombinha foi pra disfarçar. três meses. tinha conseguido esconder por um tempo mas aí não deu mais. acabou saindo da escola e depois de um tempo deu à luz a um piazinho. voltou lá no colégio uma vez visitar a galera e mostrar o piá pra todo mundo. ówn! que lindo! que fofo! cuti cuti! a galera pira nessa hora. qual o nome dele? gustavo. que bonito! pois é. queria um nome que pudesse dar um apelido bem simples pra galera não zoar ele no colégio. hahaha! a piazada se cagou de rir nessa hora. cheguei mais perto e ergui o cobertorzinho pra ver melhor o pirralho e vi que ele tinha uma mancha no braço esquerdo inconfundível. na hora ela puxou minha mão e cobriu a criança de novo. me fitou nos olhos e ficou me olhando bem séria por uns dez segundos. falou bastante coisa só me olhando. tudo mentira. ela não veio visitar a galera. veio falar com o professor de artes sobre o filho dele que ela tinha acabado de parir. o professor tinha uma mancha escura no braço esquerdo que era muito foda de não notar. ela namorava um piazão na época que engravidou. o piá ficou com ela até o guto nascer. acho que não engoliu a estória da mancha e deu no pé. só sei que deu tudo certo no fim. a guria tinha dezesseis. o professor trinta e dois. a guria não tinha pai nem mãe. foi criada pela vó. tava fodida. ia criar o bebê sozinha tipo um monte de guria que tem por aí. e pra piorar o cara era casado. só que ele se separou da mulher e ficou com ela pra cuidar da criança. louco né? o futuro do país. tinha essa frase no caderno. e do lado uma menina de olhos azuis e cabelos loiros cacheados e um coração com a inicial do nome dela dentro. K.

cadê teu irmão?! a mãe entra no sótão correndo. tá bem nervosa. cadê teu irmão?! ela olha ao redor e não encontra o tomás. eu sei que é o tomás. quer dizer. só pode ser o tomás. ninguém corre atrás do joão. o joão tá sempre no lugar certo na hora certa. besta. desço atrás dela. a mãe tá parada na porta olhando pra fora. me embrenho por debaixo do seu braço e consigo ver um carro preto arrancando. ela me empurra pra dentro e bate a porta. fecha as três trancas que só são fechadas à noite. normalmente aqui em casa a gente só fecha a do meio. eu nem tenho todas essas chaves. tenho só uma que fica presa no meu colar de mola. ter as três chaves de casa significa que você já pode andar sozinho e chegar tarde depois da novela. ela vai até a cozinha e encosta na pia. fica em silêncio um pouco roendo as unhas. ela vive me enchendo o saco que não pode roer unha mas ela rói. ela me olha ali parado com a minha cara de lóque e me manda pro quarto. subo correndo pro sótão mas não entro. ela pega o telefone e liga pro meu pai. veio umas pessoas estranhas aqui em casa agora procurando o tomás. eles tavam num carro preto e. silêncio. eu sei! você tem que conversar com ele! silêncio longo. ela põe o telefone no gancho. geralmente ela bate o telefone no gancho. agora só pôs. a porta da casa se abre. só pelo jeito de mexer na chave já sei que é o tomás. vixi! vai levar pau! a mãe vai dar uma camaçada nele. tomara que dê mesmo. ele anda meio cuzão comigo. tá merecendo levar uma coça da mãe. onde você tava? oi mãe! onde você tava tomás?! iihh mãe. larga do meu pé. tava com a piazada do colégio fazendo um trabalho na biblioteca. e o pior é que tava. essa foi uma das poucas vezes que ele não precisou mentir pra mãe a sua localização. tinha estado na biblioteca do colégio por três horas fazendo um trabalho de história com mais duas pessoas. a gabi que pinta o cabelo de azul e a carol que a mãe não gosta porque fuma. tô ligado que o tomás gosta da carol. por isso que ele foi na biblioteca. tão até pensando em montar uma banda. ela escreveu uma letra esses dias e me mostrou. não tá pronta ainda. tem que ver com o resto das minas o que elas acham. ela disse. achei massa que ela me mostrou. sempre que as gurias mais velhas vão lá em casa por causa dos meus irmãos e falam comigo eu fico me sentindo importante. dá até um orgulhinho. o suficiente pra contar pra alguém no outro dia no colégio. a piazada fica de cara.

Todo dia
Toda hora
Uma mina é assassinada
Tiro no peito estupro facada
Cadê o respeito?
Cadê a dignidade?
A gente é só estatística
Na vida da cidade
Os político não quer
Saber da realidade
Qual a real de uma mulher
Que teme a sociedade?
Então junta com nóis
Aqui é parceria
As mina tudo junta
Não vai mais ter folia
Nossa bandeira é a da paz
Nossa bandeira é a da treta
Respeita as mina, pô!
Sem violência!

uma vez eles foram assistir um filme lá em casa e o joão já tava me jogando pra escanteio quando a namorada dele me defendeu para de ser lóque com teu irmão! deixa ele aqui! aí me abraçou e me deu um beijo. foi o beijo mais magnífico que já me deram na vida. não me dão muitos beijos. por isso esse foi maravilhoso. ainda mais que era pra foder com o joão. não sei se ela queria fazer isso com ele. o importante é que ele ficou putão e depois ainda quis me dar umas porradas mas aí o pai tava por perto e me defendeu e eu consegui mandar ele tomar no cu sem que o pai visse e ele ficou mais puto ainda. hahaha! se fodeu lóque! pensei enquanto mostrava a língua e fazia uma das caretas do meu repertório que ele mais odeia. a careta do samongo com bolhas de saliva estilo ostra. cê tem que ver como ele fica de cara. depois disso só posso sair do meu quarto quando ele não tá em casa. tem seu preço provocar o joão. é divertido ver as pessoas perderem o controle. eu e o zoínho temos uma camiseta escrito com tinta guache no peito quem tem controle é tv! e uma letra A de anarquia bem grande nas costas. a gente viu num filme. dá moral entre a piazada andar com ela no bairro. a gente foi pro colégio uma vez com ela e a diretora mandou tirar. no colégio não dá moral. só no bairro mesmo. a gente só usa de vez em quando. é a camiseta da sorte PAF! caralho! a mãe deu um tapão na cara do tomás. vixi! fodeu! penso. sua filha da puta! ele grita e sai correndo pra fora de casa. desço e a mãe tá parada no corredor chorando. o tomás nem bateu a porta. passou reto e saiu correndo. vou até a calçada e vejo ele dobrando à direita duas quadras ladeira abaixo. tá indo na casa do fábio. certeza. é um amigo dele que compra umas paradas de vez em quando. se eu fosse ele também iria pra lá. é o melhor lugar do mundo. os pais do fábio são médicos e têm bastante grana. o piá estuda num colégio fodão que tem ônibus que busca em casa e tudo e a casa tem piscina aquecida no inverno. uma vez deixaram eu entrar nela. caralho! é muito tesão! cê tem que ver. não dá nem vontade de sair de lá. o tomás passa mais tempo na casa do fábio do que na nossa. minha mãe odeia isso. vivem discutindo. teve até uma vez que ele disse que preferia ser filho dos pais do fábio do que da mãe e do pai. ficaram uma semana sem se olhar na cara. o pai que teve que dar um jeito um dia lá numa reunião de família explicando e falando e blá blá blá valores e blá blá bla moral e sei lá o que de amar um ao outro e. sério pai? se liga! o joão tenta me matar uma vez por semana. o tomás uma vez por mês. a mãe desce o sarrafo em todo mundo toda hora. que papo é esse de paz e amor na família? penso. o pai é cheio de botar panos quentes nas coisas e de conversar e conversar só que aqui não tem conversa. com esses três aí o pau canta o dia inteiro. volto pra dentro de casa e a mãe tá congelada no meio do corredor. pego ela pela mão e levo até o sofá. ponho ela sentada e ela só chora. busco um copo com água e açúcar. sempre fazem isso comigo quando me esborracho na rua. água e açúcar é um santo remédio. diz minha vó. deve funcionar com os adultos. ela toma junto com um remédio que ela tem na mão e depois deita. cubro ela com o fedorzinho que é a manta que fica no sofá que acho que ninguém nunca lavou na vida. ela fecha os olhos e apaga.

da onde cê tirou esse pinheirinho? pergunto pro zoínho. minha mãe apareceu lá em casa com ele e me deu. uma muda de pinheiro bem pequena ainda dentro de um saco preto com terra que a mãe do zoínho ganhou no supermercado numa promoção de dia das mães. era isso ou uma rosa. rosas são para enterros. ela pensou. bora plantar?! cê tá perguntando ou tá afirmando? penso. nunca sei se é uma pergunta ou uma ordem. ele subiu na bike dele e saiu na frente. fui atrás. ficamos uns trinta minutos procurando o lugar perfeito pra plantar o pinheiro imaginando que daqui a uns vinte anos ele vai ficar gigante e a gente vai ter pinhão de graça e também um monte daqueles espinhos que caem pra fazer fogueira. aqueles espinhos são ótimos pra fazer fogueira. eles queimam bem rápido e estalam enquanto pegam fogo soltando umas faíscas que ficam saracoteando pelo ar como se fossem insetos brilhantes. o vô pai do meu pai quando via a gente correndo e fazendo zona sempre falava que menino que saracoteia tem fogo no pacová. o que é pacová? adoro fogo. fico hipnotizado olhando uma fogueira principalmente de noite. a mãe nunca deixa a gente ficar perto da churrasqueira quando o pai tá lá fazendo churrasco porque diz que a gente fica com os olhos vidrados e facinho facinho vão cair com o peito nesse carvão. aí eu quero ver! cês sabem que eu não gosto de vocês com a cara enfiada nesse fogo! só eu e o tomás. o zoínho às vezes. o joão não. diz que a gente fica fedendo depois. idiota. é tão bonito o calor e a luz que saem das coisas queimando. já tentei pegar mas não dá. queria guardar um pouco no bolso e levar por aí comigo. não tipo isqueiro que é palha. aquele fogo azul não tem nada a ver. é massa esse fogo amarelo que lambe o vento e se parece com o sol. queria ter um sol pra levar na mochila pra cima e pra baixo. minha tia irmã do meio da minha mãe me deu um livro de presente que conta a história do fogo. tinha um povo lá muito das antigas que achava que o fogo já tava dentro da madeira e que você só ia lá e tirava ele pra fora. entendi. as coisas já estão dentro. você só vai lá e põe elas pra fora. outra coisa massa de fazer com fogo é ligar o ferro de passar roupa e quando ele tá bem quente ficar dando uns cuspinhos nele. a água do cuspe fica bem louca saracoteando em cima da chapa quente. não tem fogo mas tem calor que é a mesma coisa. às vezes dá bosta. eu não lembro disso. na verdade acho que lembro. é que minha mãe já contou tantas vezes essa estória que não sei se eu construí uma lembrança com os detalhes que ela contou ou se eu lembro mesmo do que aconteceu. é que eu era muito novo. muito novo mesmo. acho que eu tinha uns três anos. ninguém tem lembranças de quando tem três anos. perguntei lá no colégio e ninguém da piazada tem. nem as gurias mais inteligentes que são umas cdfs que estudam pra caralho. lembrança não tem nada a ver com inteligência. anoto esse pensamento.

lembrança não tem nada a ver com inteligência

era de manhã de um dia qualquer e tava só eu e a mãe em casa. os piás já tinham saído e o pai já tinha ido pro trabalho. a vó parece que tava no retiro. não sei. tem dois caminhos a história. um deles é depois que a mãe acordou e o outro é antes dela acordar. depois que ela acordou a cozinha já tinha pegado fogo. fim. o outro é que eu acordei e só tava a mãe em casa dormindo de boa e aí eu fui brincar na cozinha. comecei a mexer nas coisas lá e achei umas velas e uma caixa de fósforos. humm. pensei. hoje podia ser meu aniversário! aí botei uma vela no parapeito da janela da cozinha. acendi e comecei bem alegrão a cantar parabéns pra você. o pavio queimou um pouco e a chama da vela aumentou aumentou aumentou até alcançar a cortina e aí PUF! a próxima cena é a porta sendo espancada pelo porteiro com duas vizinhas e o filho da melhor amiga da mãe que também era pequeno. ele tava lá só pela festa. enquanto isso eu tava acordando a mãe de um jeito bem suave falando baixinho no ouvido dela mãe! mãezinha! tem gente batendo lá na porta. e aí ela respondeu. então atende lá! pra que me acordar?! e aí eu disse. é que eles querem falar com você. aí a mãe levantou e antes de chegar na cozinha viu a fumaceira e que fumaceira é essa?! aí ela entrou na cozinha. a mãe não é religiosa mas sempre que conta essa estória ela diz graças a deus que a única coisa que pegava fogo ali era a cortina senão a gente tava morto. nada a ver. aí já é exagero. o porteiro viu o fogo lá de baixo e subiu correndo. tava louco pra arrombar a porta e virar o herói do dia. quando a mãe abriu a porta ele tava com o extintor na mão pronto pra virar o capitão américa. o mais engraçado é que nesse dia eu não fui espancado como era comum numa situação dessa. vai ver que apanhar tem um limite. cagadas muito grandes chocam e fazem as pessoas pensarem na morte. aí a vontade de espancar passa. no fim o teto ficou preto e eu aprendi que quando a gente canta parabéns a casa pega fogo. depois de rodar pra caralho acabamos parando na esquina de casa onde a calçada é mais larga e enfiamos a plantinha na terra bem do lado de um muro. massa! um dia isso aí vai crescer e a gente vai poder contar pras pessoas que foi a gente que plantou. disse o zoínho. que engraçado. não tinha pensado nisso. pensei. tava os dois de quatro lá afofando a terra quando um vulto chegou por trás e agarrou o quadril do zoínho e começou a encoxar ele. hahaha! era a piazada mais velha do bairro. hahaha! eles tavam em três. hahaha! o zoínho começou a se debater hahaha! e conseguiu se livrar do piá hahaha! e virou de costas pro chão. hahaha! saíram rindo. odeio quando eles fazem isso. ele resmungou com a mandíbula travada parecendo que ia estourar. nunca tinha visto o zoínho com raiva. raiva de verdade. a gente tava ali de boa e tal dando umas risadas e plantando o negócio e aí aconteceu isso e aí de repente uma tempestade invadiu o corpo dele. ele terminou de plantar o pinheirinho quietão com a cara fechada. fiquei olhando pra ele mais um pouco tentando entender esse sentimento. queria abraçar ele na hora. ele é meu melhor amigo. só que tinha alguma coisa em volta dele que tava me impedindo de chegar perto. tava dando medo já. aí as mãos dele se fecharam em forma de soco e ele se apoiou no chão baixando a cabeça. eu odeio quando eles fazem isso. gritou pra dentro. odeio quando eles fazem isso. gritou pra dentro com os dentes cerrados. odeio quando eles fazem isso. ele começou a repetir sem parar odeio quando eles fazem isso odeio quando eles fazem isso odeio quando eles fazem isso odeio quando eles fazem isso pra dentro com a mandíbula tão travada que os músculos da cara parecendo que tinham dado câimbra e os punhos socando a terra de um jeito que eu achei que ele ia explodir e sair voando. o zoínho não tem talento pra essas coisas. ali dentro do peito e da cabeça dele acho que um vulcão tava se formando. ele não gritou nem fez escândalo. deu uns socos no chão. engoliu umas coisas. aí ele fez o que eu nunca imaginei que ele poderia fazer. respirou fundo. se acalmou. pelo menos por fora parecia que ele tava calmo. virou a cabeça pra mim e ficou me olhando por um tempo. os olhos iguais aos de quem olha o fogo por muito tempo.

na fila do colégio é assim. na entrada. no recreio. na saída. na aula de educação física. no corredor. na rua. no seu carlos. no campinho. toda hora a piazada se agarra e se pega e se estufa e se esfrega e se amassa e se chupa se cospe se espanca e sabe o quê? tá vendo aquele cara ali no ponto de táxi? aquele ali mais gordo com a camisa branca de manga curta e sandálias? ele é motorista daquele carro. o último da fila. meu pai falou que quando eles eram menores eles estudaram na mesma sala. ele não gostava de estudar muito. conseguiu se formar e tal mas não era a pira dele. diz que faltava muita aula. a piazada bolinava ele o dia inteiro. meu pai era um desses piás que zoavam com o resto. ele conta rindo sempre nos almoços quando tem mais gente em casa. gosta que todo mundo saiba como ele era foda quando era piá. o dono da banquinha também. ele tem uma cicatriz nas costas de quando ele caiu de uma escada porque foi empurrado por dois piás que tavam tentando arrancar as mochilas dele e do amigo dele. ele tem de usar um aparelho à noite pra conseguir dormir. toma remédio pra caralho por causa da dor. sabe aquela mulher loira que mora no prédio da rua de cima? que é irmã daquele cara que tem o cabelo de pinico? eles diziam que ela tinha cara de piranha e que por isso eles podiam fazer o que quisessem com ela. ela tava crescendo e começaram a aparecer peitinhos nela. ela era uma menina. a piazada encurralou ela lá no fundo do prédio onde as tias penduram as roupas e ficaram passando a mão no corpo dela e encoxando ela e enfiando os dedos nela. parecia tudo tão natural. como se tivéssemos sido feitos pra isso. e é engraçado como uma coisa puxa a outra. igual aquele jogo da bola de neve que a professora de ciências fez com a gente aquela vez. quando a guria se deu conta do que tava acontecendo ela já tava sem calcinha e tinha um piá estuprando ela. saiu sangue pra caralho e ela começou a chorar. eles se assustaram e saíram correndo. o irmão dela chegou e ajudou ela a se vestir e eles subiram pra casa. ninguém fica sabendo dessas coisas. ela nunca conseguiu engravidar. e também não tem dinheiro pra fazer uma cirurgia.

ele agarrou o pinheirinho com força e apertou. não com raiva. com carinho. tinha muito amor ali. aí foi puxando pra fora devagar até ele sair da terra. os espinhos fizeram furos na sua mão. ele apertou a planta contra o peito. escorreu um pouco de sangue na camiseta. a mãe dele vai ficar de cara. aí ele jogou a muda na grama e levantou. subiu na bike e foi embora. não disse nada. ele sumiu por uns dias. a mãe dele falou que ele ficou bem doente nesse tempo. não sabia muito bem o que fazer então peguei o pinheirinho e replantei. na falta de água fiz um xixi ali pra molhar a terra e fui pra casa.

a dona marlene não gosta de sair de casa e sempre chama a piazada pra fazer favores pra ela. é uma tiazona mais velha bem gente boa que mora duas casas pro lado da nossa e sempre pede pra gente ir na mercearia do seu carlos buscar dois maços de hollywood e meia dúzia de cervejas. pode ficar com o troco. valeu tia! e não é troco de uma duas moedas não. é troco de papel. sempre vem uma duas notas. só uma vez que não rolou. a grana veio contada e ela até pediu desculpas na hora do favor mas nem dá nada tia! a senhora sempre deixa a gente ficar com o troco! obrigado meninos. vocês são de ouro. tchau tchau tchau e vazamos. quando começa com esse papo de vocês são de ouro aí já começa a pegar e querer dar beijo e agarra agarra e aí é meio palha porque ela usa uns perfumes que nossa senhora são muito fedorentos e aí impregna na roupa de um jeito muito foda. quer dizer. não é que eles são fedorentos fedorentos. na real eles são mais do que muito mais do que cheirosos e aí eles ficam fedorentos. saca? ela sempre reclama de um problema de pele e que aí não pode pegar poeira sol chuva e não sei o quê e não sei o que lá. do jeito que ela fala parece que ela não pode nem respirar que já dá defeito. eu fico com o rosto vermelho. você sabe que eu gasto toda minha aposentadoria com cremes pra pele? éééé. ela faz isso aí com a voz de um jeito muito engraçado que parece uma cabra. hahaha! mas a gente não ri. tô só contando. a gente fica ali com cara de piedade com as mãos pra trás só concordando tentando não cruzar olhares pra que ela não se intimide e pare de falar e também não ficar só fitando o chão parecendo que não tá dando bola que aí é palha pra caralho. aí parece que não tá dando atenção pra pessoa e é foda. tem que ter equilíbrio nessas horas senão ela se perde na estória e aí é pior. se eu não passar os cremes fico toda cagada!

a pele que dá pra ver que fica pra fora das roupas realmente tem um aspecto bem estranho. não é sempre mas às vezes quando a gente encontra com ela o rosto e as mãos tão bem vermelhos. vermelhos tipo um tomate. tipo torrão de praia. parece queimadura. a mãe fala que nada a ver essa história de problemas de pele. ela gasta tudo em cachaça. isso aí é torrão de pinga! cigarro e pinga! tinha que tomar é vergonha na cara e parar de mandar vocês fazerem o serviço dela! cala a boca mãe! penso. a dona marlene é a nossa maior fonte de renda. sem ela tâmo fodido. aham. é verdade. concordo só pra mãe não ficar enchendo o saco na mesa na hora do almoço e aí ela já muda de assunto. a dona marlene foi professora do ensino público. hoje ela é aposentada. não sei se ela foi mesmo. ela diz que foi. o pai fala que ela era funcionária pública concursada e que isso traz benefícios vitalícios. o que é vitalícios? ela recebe pessoas de fora na casa dela o dia inteiro. desconhecidos que procuram os serviços da dona marlene. tem uma placa na porta da casa dela

MADAME TUSSAUD
Cartomante, Vidente, Taróloga, Esotérica,
Umbandista, Cigana e Feiticeira.
Faço qualquer tipo de trabalho.
Especializada em Amores e Amarrações.
Trago a pessoa amada de volta.
Pagamento adiantado. Serviço Garantido.

ela é casada com um tiozão mais velho que acho que é desses vitalícios também. ele compra o próprio cigarro mas não vai na mercearia do seu carlos. ele prefere ir no bar carrossel. acho que ele é amigo do pai ou se conhecem da vizinhança ou já se esbarraram algumas vezes. o pai também gosta do bar carrossel. tipo oi oi. beleza beleza. falou aê falou. tchau tchau até mais. porque ele já não compra o cigarro dela também? o nome dele é seu nestor. ele tem um bigodão amarelado de cigarro e ao contrário da dona marlene ele fede de verdade. acho que ele não gosta de tomar banho nem de passar perfumes nem cremes e nem cheirinhos cheirosos demais. eu e o zoínho fizemos imitações do seu nestor uma vez pra galera e todo mundo rachou o bico de tanto rir. foi a única vez que deixamos a piazada ver as imitações. hahaha! foi bem massa. o apelido do seu nestor é cara de cão. ele parece um cachorro da marca são bernardo. saca? que tem aqueles olhos caídos e umas bochechas enormes todo mongol devagarzão? o seu nestor podia ser seu bernardo. ia ser mais legal. ele tem uma moto. uma dessas de entregar pizza mas ele não entrega pizza. só que é igual. um dia a gente tava na frente de casa fazendo nada ali de boa dando umas risadas e contando umas mentiras e o seu nestor chegou meio cozidão com a moto dele e parou perto do meio fio. deu um assovio e um tempo depois a dona marlene apareceu. tava toda carregada de umas sacolas e umas paradas que não deu pra ver o que era. ela bateu o portão e foi toda toda pra subir na moto. acho que já tava meio cozida também porque ela foi subir na moto e aí pôs o pé no negocinho ali que apoia o pé e quando jogou a outra perna pra subir na moto foi meio no embalo com muita força e passou pro outro lado se espatifando no asfalto. puta merda! as sacolas se arregaçaram no chão e um monte de frutas e garrafas de cervejas e uns panos e uns vidrinhos que acho que eram dos produtos mágicos dela saíram rolando ladeira abaixo. a piazada rachou o bico de tanto rir. eu ri. mas depois não ri. fiquei com pena dela. o seu nestor nem se mexeu pra dar uma mão pra esposa. ficou ali olhando em cima da moto de entregador de pizza com o cigarrinho na boca

ÊÊÊÊGUA MARLENE!

foi só isso que ele disse. aí ela levantou. tava meio esborrachada com uns ralinhos mas nem chorou. catou o que deu pra catar e meteu nas sacolas. o cara de cão já tava acelerando meio puto.

ela subiu na moto e vazaram. isso aí rendeu uns três dias de risadas pra piazada. fiquei meio assim. acho que a gente devia ter ido lá ajudar ela. só que ninguém foi. se um tivesse levantado talvez tivesse rolado uma comoção e aí a gente teria ido lá. ninguém levantou. nessas horas acho que a vida é um ônibus lotado. cê entra e não consegue mais sair. agora pra tudo que é merda que acontece com alguém a piazada fala

ÊÊÊÊGUA MARLENE!

só que antes de subir na moto ela olhou pra gente. cruzamos olhares. queria virar a cabeça mas não conseguia. parecia que ela tava segurando meu rosto com as mãos. não sei se era raiva ou se foi um aviso. o seu nestor engatou a primeira e arrancou com a motoca. a piazada ria. no meio desse barulho todo eu pensei uma coisa. um pensamento assim normal de boa quase sem querer. tenho que ir lá falar com ela. quê? o zoínho perguntou. eu tenho que ir lá falar com a dona marlene. cê tá louco?!

13

no outro dia fui lá na casa da dona marlene. não tinha a mínima noção do que tava fazendo mas era mais forte do que eu. uma sensação de que tinha que ir lá de qualquer jeito. fui de tarde logo depois do almoço. e sozinho. fiquei com medo de arriscar a vida do zoínho e não chamei ele. bati na porta só que antes de bater ela abriu. oi. oi. tudo bem? tudo. olha dona marlene… entra. eu já tava me desculpando e ela saiu da frente da porta e foi até uma mesa redonda no meio da sala. fiquei ali meio sem saber o que fazer mas de novo a força estranha me puxou pra dentro. a porta fechou sozinha. me fodi! pensei. já que você sempre foi muito gentil comigo eu resolvi retribuir. ela sentou numa cadeira de frente pra mim e indicou a outra cadeira que tinha na mesa pra que eu me sentasse. sentei. ia fazer o quê? até pensei em sair correndo só que não sei porque me deu vontade de sentar. está vendo essas cartas? balancei a cabeça dizendo que sim. são cartas mágicas. você vai escolher algumas e eu irei interpretá-las pra você. nunca contei isso pra ninguém. nem pro zoínho que é meu melhor amigo. ela embaralhou as cartas e mandou eu tirar uma e depois outra e outra outra outra e aí quando vi a mesa já tinha um monte de cartas viradas pra baixo. ela acendeu um charutão e deu umas baforadas em cima das cartas. agora eu quero que você pense em algo bom e vire esta aqui. e apontou para a carta. só que a voz não era mais a da dona marlene. quem tava falando comigo era mulher do nome na porta. madame tussaud. entendi. ela se transforma. muito massa esse negócio aí dona marlene mas eu tenho que ir embora. ela riu. não uma gargalhada bizarra pra dar medo igual nos filmes de terror que passam de madrugada na tv. a boca dela esticou um pouquinho pros lados e os olhos deram uma revirada e aí ela deu uma tragada no charuto baforando de novo na carta que eu tinha de virar. a pupila dela ficou fininha igual de cobra. vixi! virei a carta. VLÓSH! foi tudo muito rápido. levantei da cadeira e a porta da entrada se abriu da mesma forma que tinha fechado. agora você já sabe o que fazer. ela disse sem mexer os lábios. obrigado madame tussaud. qualquer coisa tâmo aí na rua. se a senhora precisar de cigarros e tals é só falar. saí correndo até em casa. a porta fechou com ela sentada ainda. como será que ela faz isso? fiquei uns dias pensando sobre o que ela tinha me falado. mentira. no dia seguinte já tinha esquecido tudo e já tava na rua me esbofeteando com a piazada e se cuspindo e se xingando e não lembrava nem o que tinha tomado no café da manhã.

14

abro o caderno de capa vermelha. página 57. tá lá ele no fim da página. 7027. pelo tipo e cor dos números o piazão usou uma caneta de bico mais fino que o normal que eu já sei qual é. não tenho ela mas adoro. ela é das mais caras. o pai jamais vai me dar uma dessas. pego uma emprestada e imito a caligrafia dele no meu caderno. perfeito. é essa mesmo. devolvo a caneta. obrigado. de nada. preciso arranjar uma dessas pra terminar o que ele começou. a aula acaba e vou correndo até uma loja que tem ali perto do colégio. lá vende de tudo. de chicletes a televisão. de boné a pneu de carro. de fruta a sabão em pó. tem dois seguranças na entrada. sempre tem. e lá dentro tem mais uns seis gigantes à paisana andando pra lá e pra cá fingindo que são clientes. a piazada adora vir aqui pra roubar coisas. principalmente salgadinhos e chocolates. aí de uns tempos pra cá começou a aparecer esses caras vestidos de preto com óculos escuros e cara de mal. e daí?! eles nunca me pegaram nem nunca vão me pegar. tenho as manhas. sei fazer a coisa direito. quando saco que não dá pra seguir adiante já desisto e vou embora. não dá pra insistir numa situação que eu sei que vai acabar mal no fim só por causa de uns docinhos e umas bugigangas. só que a piazada é muito burra. às vezes querem pegar um chocolate e ficam lá insistindo e rodando de um lado pro outro dentro da loja. lógico que os caras se ligam que você quer roubar. aí ficam em cima se revezando pelos corredores de butuca até alguém meter alguma coisa dentro da mala. aí é gancho na hora. vai pra salinha. leva uns tabefes. depois é liberado. passo de boa por eles que ficam olhando pra onde eu vou. finjo que não é comigo. primeiro dou uma passada na sessão de videogames. tem umas televisões ligadas com jogos pra piazada ficar pirando. dou um tempo ali com eles. entro na fila. uns quinze vinte minutos e chega minha vez. já na primeira eu ganho do piá que tava ali há duas horas sem perder. o piá fica com raiva. já tava ali há um tempão tirando a galera pra lóque e nos campeonatinhos da galera perdeu vai pro fim da fila. vai quase meia hora pra jogar de novo. ele taca o controle no chão PLAW! os seguranças chegam correndo e catam ele pelo braço e aí começa o showzinho. o piá começa a gritar e a espernear e fica se debatendo e se chacoalhando feito uma minhoca. cês sabem quem eu sou?! seus pm filha da puta! vixi. quando começa com esse papinho de não sei o quê de cê sabe quem eu sou e não sei que lá de filho da puta é porrada na certa. eu sou filho do PLAW! tapão na cabeça. doeu até em quem tava assistindo. ele ficou quieto na hora. os seguranças saem arrastando o piá pela loja até a salinha do espancamento e eu aproveito a confusão pra chegar na seção de canetas e na maior cara de pau coloco uma dentro da cueca. hoje foi fácil. tava todo mundo de olho na piazada que começou a correr pela loja gritando pros seguranças pararem de bater no piá e ninguém se ligou em mim. na real nem bateram no filhinho de papai. foi só um tabefe pra ele calar a boca. a piazada tá ligada que não dá pra bater de frente com os funcionários da loja porque tá todo mundo matando aula. se fica de muita conversinha eles já te marcam a cara e vão lá no colégio pra fazer reconhecimento e contar pros pais. aí fodeu. dependendo da família é porrada até no céu da boca. por outro lado eles também sabem que não dá pra arregaçar com a piazada senão já vêm os pais com advogado juiz sindicato governo direitos humanos ong e não sei o quê e não sei que lá e botam a loja no pau e aí é indenização e nenhum empresário quer perder dinheiro pra uma piazada que fica matando aula pra jogar videogame e roubar chocolate. pego minha caneta azul de ponta fina super cara e corro até em casa. a vó tá na sala dormindo sentada na cadeira de balanço esquentando as pernas na lareira. passo sem fazer barulho e vou até o meu quarto. puxo um outro caderno pra dar uma treinada antes. uma duas e na terceira já entendo o sistema dele. só que pela inclinação ele não é destro. seguro a caneta com a esquerda. agora vai ser difícil. não sei fazer nada com a canhota. minha mãe fala que os canhoteiros são bizarros. não acho. é massa ver os canhotos escrevendo. o zoínho é canhoto. hahaha! é verdade. ele é meio bizarro. ele segura a caneta de um jeito estranho. na real eu nem acho nada. é até massa ter esse estilo diferentão. tem uma tia minha que sabe escrever com as duas mãos porque antigamente nas escolas eles batiam na mão esquerda da galera pra que eles escrevessem com a direita. a tia falou que eles batiam batiam batiam até desentortar. nesse dia ela me mostrou a cicatriz que ela tem na mão esquerda de tanto levar reguada. a mãe disse que não tem nada a ver e que essa cicatriz ela ganhou quando caiu de bicicleta lá na campina quando elas eram crianças. prefiro acreditar na tia. boto fé que os diretores e professores e seguranças dos colégios de antigamente desciam o sarrafo na piazada. principalmente nos colégios católicos. tenho uns amigos que estudam nesses colégios e eles falam que hoje em dia é mais de boa mas que róla altos boatos lá dentro de que existiam salas secretas e túneis subterrâneos onde os alunos eram torturados. acho que se um professor desses encostasse a mão em mim eu arremessava uma cadeira na cabeça dele. e que se foda as consequências. cê não acha? vai tomar no cu bater em aluno. penso. passo a tarde treinando até pegar o jeito que ele escrevia. meus números são muito leves. com a direita o azul no papel fica fraquinho fraquinho. ele tem um jeito pesado de segurar a caneta. forço mais um pouco e começo bem de boa escrevendo os números. 0 1 2 3 4 5 6 7 8 9 10 11 12 13 14 15 16 17 18 19 20 21 22 23 24 25 26 27 28 29 30 31 32. preencho uma linha inteira e fica quase igual. meio garranchado mas até que dá pra ver pra onde evoluir. 33 34 35 36 37 38 39 40 41 42 43 44 45 46 47 48 49 50 51 52 53 54 55 56 57 58 59 60 61. começo a escrever mais rápido. 62 63 64 65 66 67 68 69 70 71 72 73 74 75 76 77 78 79 80 81 82 83 84 85 86 87 88 89 90. sinto a mão formigar. 91 92 93 94 95 96 97 98 99 100 101 102 103 104

105 106 107 108 109 110 111 112 113 114. nunca tinha escrito com a mão esquerda. a mão tá quente e quanto mais eu escrevo mais o formigamento aumenta. 215 216 217 218 219 220 221 222 223 224 225 226 227 228 229 230 231 232 233 234 235 236. continuo até preencher uma página inteira e aos poucos vou sendo tomado por um sentimento de raiva que vai aumentando a cada número e não consigo parar de escrever. 501 502 503 504 505 506 507 508 509 510 511 512 513 514 515 516 517 518 519 520 521 522. continuo número atrás de número atrás de número atrás de número e sinto o peso da caneta nas mãos. 1079 1080 1081 1082 1083 1084 1085 1086 1087 1088 1089 1090 1091 1092 1093 1094 1095 1096 1097 1098 1099 1100. é como se fosse um desses pesos de academia. tem uma academia aqui perto de casa. os caras lá são muito fortes. puxam ferro com latas de tinta cheias de cimento atravessadas por barras de ferro. eles usam umas camisetinhas regatas bem fininhas pra se mostrar grande grande pra galera. ficam se olhando no espelho e se apertando e se contorcendo e fazendo caretas. chega a saltar as veias. hahaha! é bem legal ficar olhando pra eles. eu e o zoínho às vezes ficamos um tempão olhando na janela. tem uns que não gostam e gritam vaza piazada! aí a gente vaza e volta e lá tão eles fazendo caretas hahaha! tem uns que chamam a gente pra ver se a gente gosta. uma vez entramos lá e o cara veio e perguntou aí cês dois! bora puxar um ferro?! perguntou meio que já mandando a gente entrar. entramos na academia os dois felizões igual sapo no banhado. qual o nome de vocês? o zoínho já foi pegando um peso lá e fazendo as repetições igual os caras. hahaha! os braços fininhos tipo um grilo. aí o cara disse experimenta esse aqui! era a tal da barra de ferro com latas cheias de cimento. tentei puxar e o troço nem se mexeu. aí o zoínho tentou e nada. aí tentamos os dois e credo. o bagulho nem se mexeu. aí o cara veio e ergueu a barra com nós dois segurando. ôrra! cê é forte mesmo hein tio! disse o zoínho. quando eu crescer quero ser forte igual você pra arrebentar na porrada aqueles idiotas que mexem comigo. o

zoínho não disse isso. só pensou. deu pra ver na cara dele a alegria de pensar que um dia ele pode ficar fortão igual esses caras aí e sair dando porrada em todo mundo que ele quiser. sorrisão de boca aberta com as pernas balançando no ar como se tivesse flutuando perto do céu. nessa hora ele se sentiu como se fosse um passarinho bem de boa voando com o vento na cara. os caras mexendo com ele e ele erguendo todo mundo pelos braços e pelas pernas e arremessando os cretinos contra o muro e eles espatifando e virando carne moída e caindo no chão se debatendo igual peixe fora d'água. vou fazer hambúrguer com aqueles idiotas. ele pensou. entendi. o cara fortão que tá erguendo a gente é o mesmo que tá no cartaz na entrada da academia. deve ser o dono. tem uma foto enorme dele pregada num cavalete escrito

QUER FICAR BONITO?
COMPRA UM PENTINHO.
QUER FICAR FORTÃO?
VEM PRA MONSTERS GYM!

faço mais várias páginas num ritmo que vai aumentando e ficando frenético e só consigo parar quando sei lá porque de repente dá uma vontade de arrancar a página e eu arranco ela do caderno e com uma raiva absurda que eu nunca tinha sentido antes rasgo ela em pedacinhos. mentira. já senti mais raiva antes. caralho! que bizarro! estou suando. a respiração ofegante e pesada. já é de noite. passou um tempão e eu nem vi. que sensação incrível! comparo os meus números com os do piá e são iguaizinhos. entendi. era raiva o que ele sentia. escrevia com a mão pesada e os números quase atravessavam as folhas. pego o caderno de capa vermelha. vou fazer agora no caderno dele. dou uma folheada primeiro e tem o coração com o K dentro. faço o coração no meu caderno e é divertido. fica igualzinho. sou bom nesse negócio de imitar. penso. vou colocar a inicial da guria lá do colégio que eu sou afim só que ninguém sabe. não. melhor não. faço um K mesmo. igual ao dele. fico olhando pro coração e não consigo parar de pensar nela. ela é linda. penso. só que não é um pensamento meu. ela é linda mesmo. você não acha? concordo com ele que agora sussurra no meu ouvido. imito as assinaturas que estão nas outras páginas também. fácil. fazer as assinaturas é bem tranquilo. aqui em casa sou eu quem assina o meu boletim. a galera nem se liga. até já consegui fazer um dinheiro falsificando as assinaturas dos boletins da piazada. acho que os pais do zoínho nunca viram o boletim dele na vida. todo mês ele traz o dele aqui em casa e a gente se diverte falsificando as assinaturas dos pais dele. às vezes da mãe. às vezes do pai. uma vez foi a da vó mãe da mãe dele. terminar esse caderno vai ser minha missão. respiro fundo e vou até fechar dez páginas. fico exausto. só vejo números. olho pela janela e as estrelas são números. só penso em números números números. e tem a K também. como era o nome da filha do diretor? era alguma coisa com C mas acho que na real era com K. ela é linda. penso nela por um momento. ela é linda mesmo. ele diz sussurrando ao meu lado. números números números. acho que se eu fosse um número seria sete. e você? pergunto. ele ri. jantar tá pronto! meu pai tá chamando. vou nessa. falou. falou. ele vaza. não quero descer! grito. então não desça! mentira. já vou! aqui em casa é assim. fica de cu doce fazendo charminho perde o jantar. fecho o caderno. escondo na mochila.

15

até que enfim chegou o natal. não via a hora de ganhar alguma coisa. fico o ano inteiro esperando esse dia chegar porque é o único momento que eu ganho alguma coisa só pra mim. no meu aniversário não ganho nada porque sempre tem a crise e a crise e a crise e aí meu pai acaba reservando tudo pro natal. mesmo assim não é sempre que eu ganho alguma coisa mas não dá pra perder a esperança. já funcionou duas vezes. uma quando eu ganhei minha primeira bicicleta que foi a bicicleta do joão que tinha passado pro tomás e que foi reformada e pintada com uma cor verde nada a ver. nessa vez eu tinha pedido uma bicicleta. não desse jeito aí mas acho que foi o que deu pra fazer. e ano passado eu tinha pedido um negócio lá nada a ver de umas ferramentas de marcenaria porque eu e o zoínho queríamos arrumar a casa da rua da macieira e ganhei uma caixa de chicletes. tá aí uma coisa que eu jamais havia pensado em pedir e muito menos em ganhar. minha mãe tem uma imaginação bem foda. ela sempre compra pano de prato num lugar que vende bala e chiclete e amendoim e um monte de coisas tudo junto e aí ela viu a caixa lá e aproveitou. o joão também ganhou uma. de amendoim. o tomás ficou com a de pé de moleque. eles nunca ficaram tão putos da vida. hahaha! só de ver os dois assim brabinhos com a mãe já valeu o natal. esses amendoins podiam ter veneno e aí quando ele colocasse na boca ia começar a sair espuma pelas orelhas e óleo diesel pelos olhos. ia ser divertido. pra mim no final nem foi tão palha. na época tava rolando um álbum de figurinhas da fórmula um e as figurinhas vinham nesses chicletes que ela comprou e meio que veio a calhar porque aí eu era o único da piazada que tinha figurinha pra caralho. a mãe deixou eu abrir todos os chicletes pra tirar as figurinhas. mas só vai comer um por dia! tá bom. sete repetidas de um piloto e cinco de outro e nove do carro mais massa daquele ano e aí na hora do bafo eu casava uma dessas figurinhas fodas e a piazada tinha de casar várias no lugar pra compensar e como eu era bom de bafo acabava rapelando a piazada toda e levando chumaços de figurinhas pra casa que eu tinha de devolver tudo no dia seguinte porque minha mãe sempre vinha com um papo de dividir e não sei o quê e não sei que lá e aí eu e o zoínho começamos a esconder nossas figurinhas na casa da rua da macieira quando a gente saía do colégio. foi assim que começamos a esconder as coisas dos nossos pais. no final das contas serviu pra alguma coisa. esconder as paradas deles nos deu uma certa liberdade. começamos a frequentar menos as nossas casas e a passar mais tempo na rua. a gente saía pro colégio de manhã e nem voltava pro almoço. passava na casa abandonada pra trocar de roupa e largar os cadernos e livros e já vazava de novo pra rua pra encontrar a galera. meio que aquela foi virando a nossa casa com o passar do tempo. mentira. nossa não. foi virando a minha casa. o zoínho ainda dormia todo dia na dele e só às vezes matava o almoço gostoso que rolava na casa dele pra ficar comigo de tarde. aos poucos fui levando minhas coisas pra casa abandonada e de repente era como se ali fosse o meu quarto de verdade. tinha um armário que a gente achou no lixo e levou pra lá. um sofá que a gente lavou e cobriu com um lençol da mãe do zoínho. e não sei porque desligaram a luz da casa mas não a água. então deixamos lá vários itens de limpeza pessoal. era o lugar perfeito. quando alguém dava falta da gente um outro alguém dizia tranquilo! eles tão lá na casa abandonada. alguém era minha mãe. outro alguém era meu pai. esse foi nosso último natal juntos. não sei porque mas o natal lá em casa sempre foi na casa da vó mãe da minha mãe junto com a família dela. engraçado como as duas famílias nunca se misturavam. nunca tinha pensado nisso. deve ser por causa da tradição. lá na família o povo pra justificar as perguntas sem respostas sempre fala que não sei o que é por causa da tradição e que não sei que lá é porque deus quer. esse ano foi o último natal juntos porque duas tias se separaram e aí a coisa meio que descambou. já tava tudo meio que indo ladeira abaixo. acho que só faltava uma desculpa pra não se juntarem mais no fim do ano. duas irmãs da minha mãe. as duas mais novas que ela. uma porque o cara tava traindo ela com uma colega de trabalho. hahaha! colega de trabalho não foi o nome que minha tia usou na hora que contou pra todo mundo. ficou lá gritando feito novela durante um tempão até se acalmar com dois copinhos de whisky que o papai noel deu pra ela. aquela piranha vagabunda puta biscate rampeira do caralho vai me pagar! e ele? ele o quê? teu marido? ex-marido! aquele pilantra também vai ver só! e aí começou a chorar. é isso que é o amor? essa capacidade de se compadecer com quem te maltrata? penso. só que esse não é um pensamento meu. eu vi na tv uma vez. uma mulher vestida com roupas rasgadas caminhando em direção ao mar. arrastava os pés e parecia muito cansada. ela falava isso de um jeito super dramático com as mãos pra cima pedindo pra deus alguma ajuda pra ser feliz. nem dava pra acreditar que era verdade. hahaha! muito engraçado o jeito dela de falar com deus. parecia que ela tava falando com ela mesma. a tia sentou com o copinho de whisky no braço do sofá e botou a mão na cara e chorou um pouco e soluçou um pouco e aí gritou um pouco e deu um gole e bateu no sofá e deu um gole e chorou e deu mais um gole e enche pra mim de novo até que acho que ela se cansou e recostou a cabeça na parede e disse quer saber? eu vou é sair por aí pra ver o que acontece. virou num gole o copo que o papai noel tinha acabado de encher e levantou. adeus! e saiu. dramática mas bem verdadeira eu achei. acho que a tia podia ter sido atriz de cinema de filme triste. desses que a mulher põe o peito da mão contra a testa e corre em direção à janela e aí canta uma música e depois desaba. não da janela. só deixa a cabeça pender pra baixo com as mãos no parapeito e chora. aí alguém vem e consola ela. geralmente um homem de terno bem arrumadão cheiroso e com a voz de veludo. aí ela vira e eles se encaram e róla um beijo. chato pra caralho. as irmãs também acharam chato e foram atrás dela mas alguém sugeriu que talvez fosse melhor mesmo deixar ela dar uma volta e pegar um vento na cara. já a outra tia se separou porque se encheu do idiotão. o cara era um cretino e batia nela e a galera várias vezes quis dar uma surra nele e denunciar pra polícia e tal mas ela sempre defendeu ele. acho que também tem a ver com o negócio lá de se compadecer. só que chegou uma hora que não deu mais. que bom que ela conseguiu resolver sozinha. aí a gente não precisa se envolver. resmungou a irmã mais velha da minha mãe pra minha mãe na cozinha fumando um cigarro e tomando um cafezinho enquanto o papai noel distribuía os presentes pra geral. essa aí odeia se envolver com qualquer coisa. um dia ia acabar acordando no cemitério. credo! diz minha mãe dando um tapa no ombro dela. esse ano o papai noel foi meu pai. não era pra ser. ele revezava com o tio que traiu a tia e esse ano era a vez do tio. aí o pai assumiu no lugar dele. dois anos seguidos é foda! puta que pariu! não tem outro que possa fazer no meu lugar? uma mulher! a partir de agora podia ser mamãe noel. porra! bem melhor! essa roupa nem serve mais em mim! olha o tamanho dessa barriga! que merda! ele ficava ruminando isso enquanto botava a roupa no quarto da vó e mamava o whisky pra baixar a neurose. o pai sempre grita nessas horas bebam depressa pra gente se gostar mais rápido! hahaha! boa essa frase. anoto no meu caderno.

BEBAM DEPRESSA PRA GENTE SE GOSTAR MAIS RÁPIDO!

ele terminou de se vestir e pulou a janela em direção ao jardim. por um milésimo de segundo passou pela cabeça dele que ali podia ser o escritório dele. décimo quarto andar. apoiou o pé direito no beiral. segurou firme na janela. antes de se puxar olhou pra grama do jardim e viu o calçadão lá embaixo. suspirou. deu o último trago no cigarro e estilingou na escuridão.

upa! passou a perna pro outro lado e foi. mentira. o pai não fuma. não teve o cigarro na cena. só se segurou na janela e passou o corpão pro outro lado. aí entrou pela porta ho ho ho! feliz natal! mas já não tinha a mesma graça. tava todo mundo meio pra baixo nesse dia. então ele sentou meio desajeitado por causa dos drinks e da roupa apertada e olhou pra todas aquelas pessoas e pensou que se não tivesse bêbado levantava e ia embora. todo aquele whisky fez ele pensar. e os pensamentos são um buraco sem fundo. se eu paro eu penso e se eu penso eu choro. o melhor amigo do pai sempre dizia isso. é um bom pensamento. anoto também.

se eu paro eu penso e se eu penso eu choro

ele começou a distribuir os presentes e enquanto fazia isso teve uma visão. imagine a situação. toda a piazada pulando e gritando na frente dele e as duas irmãs chorando pra cima e pra baixo com dois três parentes consolando ai meu deus! ai meu deus! e a roupa quente apertada pra caralho de papai noel suando a bicas que ele nunca entendeu porque vestir esse troço num país tropical?! esse vermelho é uma merda! odeio esse vermelho! cacete! eu preciso de mais uma dose! cadê meu copo?! cadê meu copo?! e a neurose de nunca conseguir comprar os melhores presentes pros filhos e a fila no supermercado pra pegar maionese pra que a porra da maionese?! e o trânsito na vinda pra casa da vó mãe da minha mãe buzina buzina buzina o engarrafamento e o sino da igreja às sete da manhã acordado de ressaca é domingo caralho! e a conta de luz atrasada e o banho frio esquenta água no fogão e a tinta da caneta que acaba bem na hora e não tem outra e o papel higiênico que fura e o dedo no cu de diarreia e a reunião que atrasa a chave que quebra na porta às seis da tarde no fim do expediente e o amigo que morre saindo do bar e a chuva na roupa do varal e não tem outra pra pôr e o sapato velho que vergonha a meia molhada os dedos murchos o pneu furado tá sem estepe e a falta de grana que fode tudo e a falta de grana que fode tudo a falta de grana que sempre fode tudo a porra da falta de grana que sempre fode tudo caralho! AAAAAAHHHHHH!!!!!! o pai surtou. deu esse chiliquinho e tentou se levantar rápido da cadeira. acho que pra rasgar a roupa tipo o hulk e sair atravessando a parede. só que com o pai tudo sempre tem um lado patético. foi bizarro. ele se desequilibrou na hora de se apoiar no braço da cadeira e no intuito de não cair tentou agarrar a cortina e acabou agarrando as luzinhas da árvore de natal que vieram abaixo com árvore e tudo em cima dos presentes que ainda não haviam sido distribuídos CATAPLAW! cagada generalizada. rolou aquele silêncio. tirando as roupas e as coisas moles os restos dos presentes viraram quebra-cabeças. que foda. o hulk tava mais pra zé bosta. juntaram o pai com os presentes quebrados e levaram tudo pro quarto da vó. sem acusações e julgamentos. só cataram e largaram ele lá sozinho em silêncio numa boa. ele foi até o banheiro e tomou uma ducha. botou uma roupa limpa do vô e deu uma deitada pra baixar o álcool. então ele teve novamente aquela visão. ele viu a irmã da mãe que saiu pra dar uma volta e pegar um vento no cabelo ser atropelada por um ônibus perto do terminal na via expressa. ele acordou assustado e viu que tinha dormido umas três horas. levantou correndo e foi até a sala. cadê tua irmã?! perguntou assustado pra minha mãe. bem nessa hora o telefone tocou. a galera já tinha limpado tudo. a piazada dormiu na frente da tv vendo um filme ruim de natal enquanto o resto arrumava as coisas pra ir embora. o pai vendo o telefone tocar correu e deixa que eu atendo! deixa que eu atendo! não foi um atropelamento no sentido de que ela foi atropelada. quer dizer. ela foi atropelada porque ela foi atropelada. o negócio é que foi ela que se jogou na frente do ônibus. a iniciativa foi dela. não foi um acidente e isso foi o que mais chocou a família. o motorista contou pra polícia que de repente uma mulher de branco com uma flor nas mãos apareceu na frente dos faróis de braços abertos e não teve como segurar. na freada mais algumas pessoas lá dentro se machucaram feio. a mulher no telefone só perguntou se esse telefone era de algum conhecido ou parente e se alguém podia ir lá reconhecer o corpo. bem direta. sem muito tempo pra raciocínios. deixaram a piazada em casa dormindo e foram todos no iml reconhecer o corpo. a flor era um lírio. por incrível que pareça ele ficou intacto. no dia seguinte a foto da capa do jornal era a flor no asfalto com a luz dos faróis do ônibus iluminando ela por trás e fazendo uma sombra em perspectiva muito linda no chão e a tia desfocada lá atrás. um ano depois essa foto ganhou um prêmio. imagino que tirando as roupas e as coisas moles o resto deve ter virado um quebra-cabeça.

16

quando o vô pai da minha mãe morreu fazendo a barba a vó mãe da minha mãe ficou triste triste triste de um jeito que eu nunca tinha visto alguém ficar. ele apagou tipo os eletrodomésticos quando acaba a luz. PUF! foi tudo tão rápido que parecia que deus tava brincando de jogo da vida com a galera. o vô era tão minucioso e perfeccionista com suas coisas que até caindo não esbarrou em coisa alguma. podia ter acontecido dele ter batido a cabeça na pia ou se agarrado no espelho e aí ia ser um carnaval e não uma morte. mas aí acho que seria meu pai morrendo e não meu vô. ele flutuou feito uma folha até o chão sem encostar em nada. foi muito suave a sua queda. imagino que quando tocou o chão não deve ter feito muito barulho porque ainda demoraram uma hora pra ver que ele tava lá. era uma coisa muito bonita ver o vô fazer a barba. se tivessem filmado ia virar um documentário sobre a barba perfeita. ele levava umas três horas até dar o tapinha final na bochecha com aqua velva pra dar uma ardidinha e fechar os poros. vô? quê? não é água que se escreve ali? não. é aqua. sem acento e com q. é italiano. chique esse troço aí. penso. um dia ele deixou eu ficar assistindo desde que não encostasse na navalha porque a navalha mata. muita gente se mata com essas navalhas. são muito afiadas e perigosas. principalmente na mão de criança levada. não sei se ele tava falando de mim. acho que não. deve ser de algum outro neto que ele tem e que não sabe como manusear uma navalha. eu manjo de navalhas. já vi todos os filmes de ninjas que passam na tv. aquelas espadas afiadas nada mais são do que navalhas gigantes. é só saber os movimentos certos. movimentos ninja. disse o mestre com uma voz grave no final do treinamento do exército de ninjas antes deles saírem pra matar matar matar sangue sangue sangue. anoto no meu caderno.

vamos tomar nosso país das mãos sujas e usurpadoras de seus governantes corruptos! avante revolução! ele gritou e um raio saiu das nuvens lá no fundo e o barulho do trovão fechou a cena. se eu tivesse uma navalha dessa eu ia cortar tudo com ela. pão. queijo. as unhas. até a porta do sótão eu ia abrir com ela. ia fazer uma máscara preta igual à do filme e não ia mais falar em português. deve ser por isso que só vendem pra pessoas que fazem a barba. eu tentei comprar uma na mercearia do seu carlos uma vez e ele disse cadê tua barba? isso aqui não é brinquedo. entendi. aí o vô deixou eu passar aqua velva na cara. só que não ardeu porque eu não tinha passado a navalha com espuminha primeiro. meu pai não usa navalha. ele usa um aparelhinho que tem duas navalhas menores e ele leva duzentas vezes menos tempo pra fazer a mesma coisa que o vô. e sem espuminha. o pai usa sabonete e depois espirra um pouco de desodorante nas mãos e mistura com água da torneira e aí joga tudo na cara. não arde tanto quanto a do vô porque ele não faz a cara de ardido que o vô faz. e nem fica tão cheiroso. às vezes o pai põe uns papeizinhos pra estancar uns sanguinhos que ficam espalhados pela cara. o vô não põe papelzinho nenhum. comparo os movimentos do vô com os do pai e constato que realmente o que o vô tá fazendo é muito diferente do que o que o pai faz. movimentos ninja. fazer a barba é uma arte. o vô diz. o pai faz tudo na pressa e fica repetindo que tá atrasado. tô atrasado! cadê minhas chaves? tô atrasado! cadê minha carteira? tô atrasado! onde eu pus isso? tô atrasado! onde eu pus aquilo? aí ele sai e volta pela porta umas três vezes porque tá sempre esquecendo alguma coisa. a vó guardou todas as coisas íntimas do vô numa caixa e enterrou com ele. depois fez as malas e foi até sua cidade natal. disse que queria passar o resto da vida perto das irmãs. ninguém se opôs. o pai se ofereceu pra levar a vó de carro mas ela não gosta de andar de carro. diz que é muito apertado. claro que é. a gente sempre anda em bando quando sai de carro. porque todo mundo tem sempre que andar junto? às vezes é meio chato porque todo mundo quer falar ao mesmo tempo. eu eu eu. eu eu eu. ninguém se ouve. a vó quer ficar sossegada no banco dela. sozinha. botar os pensamentos em ordem. melhor de ônibus. ela disse e foi. rodoviária é um lugar triste também. muitas pessoas choram lá. toda vez que a gente vai na rodoviária vejo muitas pessoas chorando. choram porque estão partindo. choram porque estão chegando. a tia que foi traída pelo tio também partiu. só que foi de avião. bem melhor. a mãe disse que ela ganhou na loteria. embolsou não sei quanto lá no processo que ganhou do ex-marido e foi passar um ano sabático pelo mundo. o que é sabático? anotei no meu caderno o nome dos países que ela ia visitar. fiquei lendo aqueles nomes estranhos e pensando se nesses lugares as pessoas também são como aqui. primeiro ela vai prum lugar chamado vietnam. tô ligado onde fica. teve uma guerra lá. passa direto na tv um filme falando desse lugar. é só tiro porrada e bomba. americanos contra japoneses. não são japoneses. são vietnamitas. japoneses foi na segunda guerra. o que a tia vai fazer num lugar como esse? sei lá. depois ela vai pra indonésia. olhei no mapa pra ver onde fica e o lugar é feito de ilhas. cada cidade fica numa ilha. o povo lá deve andar de barco pra cima e pra baixo. nem deve ter carro. o avião deve pousar no mar e aí um barco vem e te leva pra ilha que você escolher. entendi. boa viagem. penso. meto a mão no bolso e putz! esqueci de dar o relógio do vô pra vó pôr na caixinha lá do enterro. que merda! agora já era. não vou lá de lóque dizer olha vó! você esqueceu isso! minha mãe não vai acreditar que foi sem querer e já vai me adiantar os espancamentos da semana e vai me mandar cavar a cova do vô com a boca pra pôr o relógio na caixinha. deixa quieto. vou guardar o relógio num lugar secreto pra ninguém saber que tá comigo. só vou usar quando tiver barba.

17

toca o telefone. a mãe atende. PLAM! ela deixa o gancho cair no chão. de novo mãe? você tem que segurar direito esse troço! a vó chega logo depois e senta a mãe no sofá. junta o telefone do chão. põe na orelha e. silêncio. coloca no gancho e vai pegar uma toalhinha com água quente pra passar na testa da mãe. a vó tem as manhas. ela sempre grita nada de remédio! remédio mata! na época que o vô morreu deram tanto remédio pra ele que a vó acha que foram os médicos que mataram o vô e não o câncer. nesse meio tempo o pai chega todo animadão oi! oi! oi! dando beijo na mãe dele que é a minha vó e abraçando e pegando e coisa e tal. a vó espera ele parar e aí ela põe as mãos no rosto dele e bem devagar acaricia ele um pouco e aperta as bochechas e espalha os cabelos igual ela faz comigo às vezes e passa os dedões nos olhos e aí nas sobrancelhas como se quisesse arrumar a cara dele toda e aí respira fundo e dá uma bufada longa olhando nos olhos do único filho dela. a vó abre um sorriso de leve e puxa a cabeça dele pra baixo pra falar alguma coisa no ouvido dele.

silêncio.

ele gagueja meia dúzia de coisas e senta ao lado da esposa. pega na mão dela. mentira. demorou muito mais pra ele sentar e demorou mais ainda pra ele pegar na mão da mãe. eles não são tão íntimos assim. não quero fazer parecer que os dois formam um casal de propaganda de margarina. antes ele deixou a capanga cair no chão e pôs a mão na cabeça e disse como assim? meu deus! não pode! e foi pra lá e foi pra cá e andou e rodou e deu voltinhas e só então ele foi até o sofá e ficou quieto por um tempo daquele jeito que só os super dramáticos ficam. cotovelos nos joelhos e mãos na testa. aí ele lembrou que ela tava ali do lado dele e racionalmente pegou na mão dela como se fosse obrigado a fazer isso porque se não fizesse ia ficar parecendo que ele não tem compaixão com a própria esposa. ou não. ou pela primeira vez em anos ele sentiu que algo lá no fundo ainda existia entre eles e pegou a mão dela como se tivessem acabado de se conhecer e então convidou ela pra dar uma volta na beira do lago com lua cheia e postes de luzes amarelas e os corpos na penumbra sentados na grama e depois de um dizer pro outro coisas lindas e apaixonadas o primeiro beijo foi a consequência inevitável de um destino já escrito há milênios na história arcaica da humanidade ou pegou a mão dela e tirou ela pra dançar na festa do colégio e os corpos encaixados bailando pra lá e pra cá no ritmo lento da música se descobriram intimamente e se convidaram pra uma vida em casal ou pegou na mão dela e mais rápido que um pensamento se beijaram loucamente pra nunca mais se largarem. não. acho que não. pela experiência que tenho com eles aposto que foi racional culpa e obrigação ao mesmo tempo. se fosse coisa do instinto / o instinto é uma voz que fica dentro da cabeça e a gente não consegue ouvir / já tinha entrado em casa dando uns agarrões nela e beijo beijo beijo e isso isso e aquilo e te amo e te amo e te amo e para de me agarrar na frente das crianças! olha a tua mãe vendo isso! às vezes as pessoas se tocam porque são obrigadas. é um código social. eu sei porque vi na tv esses dias um doutor dizendo que as pessoas às vezes se tocam porque são obrigadas. é um código social. ela nem olhou pra ele. pelo ângulo da cabeça e a direção do olhar ela tá travada lá na janela vendo as cortinas esvoaçando com o vento. o que será que passa na cabeça das pessoas quando elas ficam assim em silêncio com o olhar perdido lá no infinito? na minha passa tanta coisa que se eu começasse a contar o que se passa a partir de agora talvez não terminasse até o final da vida porque aí iam acontecer outras coisas enquanto eu estaria contando as primeiras coisas e aí as coisas iam começar a acumular e acumular e acumulando iam virar uma pilha enorme de coisas que não ia dar nem pra guardar numa caixa debaixo da cama e nem na prateleira de cima do armário e nem entulhar na garagem e nem nos outros cômodos da casa e nem no esconderijo secreto da rua de baixo e nem na casa abandonada da rua da macieira e quando a gente percebesse já ia começar a emprestar espaço das outras casas das outras pessoas pra guardar as próprias coisas que ainda serão contadas só que as pessoas das outras casas também precisam de espaço pra guardar suas coisas que serão contadas e aí no meio de tanta coisa só resta explodir. foi o que aconteceu com aquele pintor que cortou a própria orelha e com aquela mulher que matou os três filhos afogados na banheira e acho também que foi o que aconteceu com a hamster do zoínho quando deu cria e percebeu que a gaiola era muito pequena pra todo mundo e aí o instinto disse pra ela que não ia ter comida pra todo mundo e ela comeu todos os filhotes. nesse momento a cabeça dela explodiu. as coisas que seriam contadas não serão mais porque BUM! depois da explosão tudo se desintegra. ou quase tudo. as coisas ficam bem danificadas depois de uma explosão. eu achei que a mãe ia explodir só que no caso dela foi diferente. aconteceu uma coisa muito curiosa. uma vez eu tava vendo na tv um programa japonês e lá eles derrubam bastante os prédios. às vezes eles derrubam e às vezes os terremotos derrubam. nesse programa os japoneses estavam mostrando como derrubar um prédio com estilo. eu não sei japonês mas meu pai sabe e ele foi traduzindo o que o repórter ia falando. funciona assim. os engenheiros e os assistentes dos engenheiros e os assistentes dos assistentes dos engenheiros vão colocando estrategicamente um monte de explosivos por dentro do prédio em toda a base e aí quando tá tudo pronto e não tem mais ninguém por perto o engenheiro chefe aperta um botão vermelho e BUM! o prédio desaba sem se espalhar inteiro pela rua nem jogar pedaço de prédio pelos ares. se as bombas estiverem estrategicamente colocadas tudo desaba direitinho. aí levanta uma fumaceira do caralho e depois é só limpar. fácil assim. só que quando a explosão acontece pra dentro ela se chama implosão. disse o pai pra mim apontando praquelas letrinhas estranhas que os japoneses desenham que parecem uns rabiscos. fazem isso pra derrubar prédios com o mínimo de barulho e prejuízo. bem coisa de japonês! disse o pai. porque será que ele disse isso? a casa do meu amigo japonês é uma zona. uma gritaria o dia inteiro com tudo jogado pelos cantos. parece uma feira. nada a ver pai. penso. foi isso que aconteceu com a mãe. ela explodiu pra dentro em silêncio desmoronando igual ao prédio da tv só que sem fazer sujeira. bem diferente da casa do meu amigo japonês. a mãe não gosta que fiquem sujando a casa à toa. ela deixou cair o gancho do telefone e congelou e logo depois a vó sentou ela e ficou tudo limpo com a pequena exceção de algumas gotas de água que caíram do pano da vó porque a vó não é tão neura da limpeza quanto a mãe. mas é água! vai secar! não na lógica da minha mãe. derramou tem que secar! sujou tem que limpar! é o que ela teria dito pra mim. não pro joão que é o filho perfeito. nem pro tomás que é um pau no cu do caralho e não tá nem aí pra nada. diria só pra mim. só que agora ela não vai mais dizer nada por um tempo. bastante tempo na verdade. anos. o pai não sei. pai é diferente né?! o pai vai lá e põe o negócio dele lá e aí os espermatozoides vão lá e aí depois é só sair pra dar um rolê com os amigos e fumar charuto e ficar bêbado. a mãe não. a mãe fica ali com aquele negócio dentro dela muito tempo. nove meses. eu acho nove meses muito tempo. talvez a minha vó que já viu um monte de noves meses não ache mas eu que vi poucos noves meses acho bastante. nove meses é um ano letivo. um ano a menos pra ir pro colégio. já pensou? ia ser legal um ano a menos de colégio. tem muita sorte quem consegue isso. o joão morreu. ela não disse isso. como eu falei ela congelou e vai ficar assim em silêncio por muito tempo feito uma estátua de sal se desmanchando aos poucos com o vento. foi o pai que cuspiu essas palavras meio sem querer. ele achou que se falasse não ia acontecer nada e que de repente o joão ia entrar pela porta resmungando como sempre. que burro. tem coisas que não podem ser ditas assim gratuitamente porque são muito poderosas. o cara que fica berrando no radinho da vó às vezes diz pra gente confiar no poder das palavras. o pai ouviu o que ele mesmo tinha acabado de dizer e aí se tocou do que tinha acontecido de verdade e nessa hora desabou. caiu no chão como quem vai em direção ao abismo do fundo do mar. ficou calado um pouco. aí falou que ia se matar. levantou e ficou resmungando. aí ficou com raiva. e ficou calmo. e com raiva de novo. aí subiu e desceu as escadas fechando e abrindo as portas com força e bateu nas coisas e derrubou os móveis e soco na parede e PAF! para! para com isso! a vó deu um tapão nele. não foi um tapa forte. foi só um tapa pra ele acordar e ao mesmo tempo pra ele não se sentir sozinho. foi o segundo ato de carinho da vó com o filho do meio que eu vi na vida. e no mesmo dia! os primeiros não direcionados aos cachorros. e acho que foi o último também. é que não foi só pra ele. foi pra nora também. vamos lá na polícia ver o que aconteceu. ela disse pra ele com a voz da experiência. tenho certeza que se pudesse ela trocaria de lugar com os dois. aí virou pra mim e me deu um abraço e um beijo e disse fica aí com a tua mãe. ela vai precisar de você. e saíram. aconteceu como eu havia desejado do fundo do meu coração. o joão se foi. só que no dia que eu desejei isso eu tava com tanta raiva mas com tanta raiva e falei aquilo com tanto tanto tanto ódio no coração que acho que um pouco dessa cólera transbordou e acabou passando também pro tomás. foi instinto. enquanto olhava minha mãe perplexa vendo seus dois filhos voarem junto com as cortinas pela janela eu explodia a cabeça com pensamentos. matei meus dois irmãos por instinto.

um dia a vó tava dando comida pros cachorros lá fora e a cada
colherada que ela colocava nos potes ela orava

uma mãe jamais deve enterrar seus filhos

o joão olha pela janela e vê o tomás saindo de bike. certeza que esse idiota tá indo fazer bosta. vou atrás. ele pensa. já faz um tempo que o joão tá a fim de enquadrar o tomás. todo dia chegando tarde e dormindo um monte. vive faltando aula. fica trancado no quarto a tarde inteira. olhos vermelhos. dedos amarelados. ele não é mais pirralho. só que o joão ainda não entendeu isso. ele tem essa mania de agir como se fosse nosso pai só que do jeito que ele entende o que é ser pai. fica se impondo pra cima da gente exigindo respeito por ser o mais velho e cagando ordem pra geral. tá sempre mandando a gente fazer coisas que ele quer usando essa ideia idiota de que por ser o mais velho ele pode sim mandar a gente fazer coisas. não passa de um cagueta do caralho. ele sempre dedura a gente pro pai e pra mãe. quando não dedura fica barganhando por dias com cada um. idiota. o joão seguiu o tomás até o lugar onde ele ia pegar as paradas pra revender. só que ele não manja nada de como funcionam as coisas nesses lugares. não conhece as pessoas. não sabe a linguagem. não interpreta os corpos. não compreende os valores. não é bróder da galera. acha aquilo tudo periferia. subúrbio. fim de mundo. favela. vive falando pros amiguinhos dele que prefere tudo menos ficar pobre e ter que morar num lugar como esse. que esse? cê nunca foi lá! cala a boca piá! cê aprendeu geografia vendo tv e lendo jornal. mané. ele acha que a vida é a faculdade de medicina com seus carros gurias cabelos perfumes festas tênis relógios e tudo o que o dinheiro que ele não tem pode comprar. é um pé rapado de merda e fica pagando de riquinho. talvez depois da faculdade ele até fique rico mesmo. não conheço nenhum médico pobre. o tomás vive na casa de um amigo que os pais são médicos e por lá só anda gente cheirosa com grana. o joão por enquanto é só o filho mais velho de um pai e de uma mãe que não completaram os estudos e que têm de trabalhar dois turnos pra que todos os filhos estudem e se tornem alguma coisa nessa vida. aí ao invés de ficar na moita e estudar o local ele chegou chegando achando que ali ele também era o bom da boca. cê não tá em casa joão. disse o tomás bem de boa imaginando que o irmão mais velho ia usar toda a sua inteligência de filho médico bonitão favorito e ia sumir dali na mesma hora. vâmo embora! quem é esse otário? disse o cara que tava com o tomás metendo a mão na cinta e começando a puxar uma arma. segura aí velho! pera aí! vou falar com ele! disse o tomás meio puto mas com o cu na mão. o cara guardou a pistola de novo e ficou ali parado com cara de mal encarando o joão que ainda continuava achando que tinha a razão. é um trouxa mesmo. vai embora joão! que cê tá fazendo aqui porra?! virou traficante caralho?! vai se foder! cuida da tua vida seu idiota! disse o tomás e empurrou o joão pelo peito. só que ele é franzino e o joão é uma tora. não tem como comparar. deve ter machucado a mão. você sempre cagando ordem né joão?! sai daqui piá! teu lugar é nas festinha de playboy cheirando os lança que eu vendo pra vocês! o joão começou a ficar cada vez mais puto. balançou a cabeça. passou a mão no cabelo. o joão é um embuste ambulante. uma vez o joão achou a coleção de placas com nomes de ruas que o tomás pegava dos postes e escondia debaixo da cama e dedurou pro pai. a mãe ficou louca e quebrou ele de pau. o pai ainda tentou amenizar mas não teve como. ele teve de recolocar todas as placas em seus respectivos lugares. hahaha! imagina que bosta. eram trinta e duas placas. levou uma semana pra pôr tudo no lugar. o tomás engoliu essa. outra vez ele e a galera dele piraram de entrar nos prédios pra roubar extintores e descarregar por aí na rua. ele convenceu um dos piás que morava num prédio a deixar eles entrarem lá pra pegar um extintor de pó químico e o piá topou. depois de um tempo eles já tinham esvaziado todos os extintores de todos os prédios do bairro. de novo o joão descobriu e dedurou o tomás.

só que dessa vez ele não foi até em casa falar com o pai e com a mãe. foi direto na polícia. que cê achava piá?! que ia ganhar o prêmio de cidadão do ano por causa dessas caguetage?! disse o tomás meio que berrando pra dentro. o joão agarrou ele pelos braços e puxou ele contra o peito. vâmo embora tomás! teu lugar não é aqui! o tomás se debateu um pouco e se livrou do joão. aí juntou um catarrão de mestre e largou na cara dele. FLÓP! na mosca. bem no olho. agora fodeu. começaram uma discussãozinha meio boba que foi virando briga igual as tretas que eles têm lá em casa. primeiro por território. depois por afeto. e por fim por orgulho. só que o tomás já tinha avisado cinco minutos atrás. cê não tá em casa joão. acho que ele não se ligou. e não se ligando alguém teve de fazer ele se ligar. o cara que tava com as paradas pro tomás vender puxou a pistola e POW! ele deve ter visto muito filme de bang bang. pelo menos em todos os que eu vi os caras maus sempre dizem sacou tem que atirar! o cara sacou e atirou POW! pegou no estômago. só que os dois tavam num entrevero entre eles se agarrando e se amassando e se socando que nem perceberam que o cara atirou. aí o tomás achou que tinha acertado uma porrada no joão e que ele tava sangrando por causa disso. nada a ver. o tomás é um fracote. nem consegue tirar sangue com um soco. acho que mais uns dois anos e até eu vou conseguir bater no tomás. aí ele ficou meio assim com pena do irmão e parou pra ver o que tinha acontecido e nisso o joão também se assustou com aquele sangue todo e deu um passo pra trás e viu sua camiseta toda manchada de vermelho e aí sentiu falta de ar e PLÓFT! caiu no chão tentando tapar o buraco com as mãos. o tomás ficou tomado por um espírito de rambo e foi pra cima do traficante que nem pensou duas vezes POW! POW! POW! um no peito. um na garganta. um no estômago. caiu duro sem conseguir sequer dar tchau. o joão ainda deu uma estrebuchada e falou algumas coisas pro cara que não tava nem aí e ainda pegou as carteiras deles antes de vazar. era uma quebrada no meio do mato longe pra caralho. o joão ainda sangrou um tempo antes de apagar. não sentiu culpa. não sentiu remorso. não sentiu nada. o irmão dele ali estirado no chão com três buracos e ele só conseguiu pensar na perda dos seus próprios prazeres. é um bosta mesmo. levaram sete horas pra encontrar os corpos. foi um carrinheiro que tava por ali procurando qualquer coisa com seu cachorro que achou os piás e chamou a polícia. depois mais uma hora pra identificar os corpos e ligar pra mãe deles que sem poder escolher com qual sentimento ficar acabou mesmo foi ficando em silêncio até que um dia levantou do sofá e saiu pela porta só com a roupa do corpo. nunca mais vi a mãe.

20

TOC! TOC! TOC! acordo. TOC! TOC! TOC! batidas na janela. levanto. TOC! TOC! TOC! pelo tipo da batida deve ser o zoínho. mas nem é quarta-feira. penso. abro a janela e tem um pássaro enorme parado ali. que cê quer passarinho? vaza! uma espécie de corvo negro com os olhos brancos. ele para de bicar a janela e fica me olhando. ele entra no quarto e se transforma numa mulher. ela fica de costas pra mim. quem é você? ao mesmo tempo em que a pergunta sai da minha boca a resposta chega em meus ouvidos. ela caminha até a porta do sótão. acho melhor você não ir até lá. meu pai tá dormindo e não vai gostar de saber que você entrou aqui sem ele deixar. ela não dá ouvidos e desce as escadas até lá embaixo. vou correndo atrás antes que ele veja a mulher. ela vai direto até a janela da sala como se já soubesse de alguma coisa. ela escancara a janela e faz um sinal pra que eu chegue ali perto pra ver. vou até lá. da janela dá pra ver um deserto. lá no meio da areia bem longe tem uma mulher caminhando. consigo sentir o que ela sente. consigo ver através dos olhos dela. uma mistura de alegria tristeza rancor e fúria. dentro da cabeça dela escuto trovões. uma tempestade inteira arrebentando falésias e pedras despencando no mar e gerando maremotos. calma. digo. tô aqui. ela não ouve. um passo após o outro ela vai caminhando e deixando pegadas profundas na areia. não consigo me desvencilhar dela. não quero ir! ela não escuta. não quero ir! grito. através de seus olhos só há luz. uma luz infinita muito brilhante. acordo. é de manhã e o sol racha o quarto ao meio. as janelas do sótão ficaram abertas. escuto o pai berrando lá embaixo quem deixou a porra da janela da sala aberta? no chão do sótão vejo pegadas e uma pena negra. esfrego as pegadas do chão com uma camiseta e escondo a pena dentro da mala do colégio. desço e a sala está inundada. tem água pra caralho desde a porta da entrada até a cozinha. merda. penso. o que aconteceu aqui? pergunta meu pai. dou de ombros tentando dizer ao mesmo tempo que não sei e que não tenho nada a ver com isso mas ele não me ouve. vá lá pegar um rodo e uns panos pra limpar essa sujeira! corro obedecer o pai. que merda de água é essa? penso. levanto todos os móveis e puxo toda a água pra fora. depois seco todos os cômodos. dá um trabalho do caralho. o pai nem levanta do sofá. dormiu. agora ele sempre dorme depois de beber. ajeito ele no sofá. cubro com o fedorzinho e vou fazer minhas coisas. escovo os dentes. troco de roupa. pego o ônibus. colégio. oi. oi. tudo bem? tudo. oi. oi. tudo bem? médio. putz. blá. blá. blá. oi. oi. beleza? beleza. tchau. tchau. tchau. tudo é um saco. toda informação é vazia. nada serve pra nada. volto pra casa e o pai ainda dorme. faço o almoço e deixo a parte dele no forno. ele odeia ser acordado. arroz feijão carne moída e uns legumes. é o que dá pra fazer no momento. às vezes ovos. pego a bike e vou até a casa abandonada da rua da macieira. não tem ninguém. pego uma ponta de um baseado que sobrou de ontem e dou umas bolas deitado ao lado da bike. mãe? silêncio. mãe?! ela não entende. tô tentando te salvar! me escuta! ela caminha por sobre as águas escuras de um rio no meio da névoa e tem os olhos completamente negros. veste um longo vestido branco todo transparente. é a primeira vez que vejo os seios e a vagina da minha mãe. ela tem cicatrizes na altura das pernas entre as virilhas e seu útero sangra muito. pra onde ela vai? penso. mãe! grito e a voz não sai. grito e a voz sai embolada e grave. estou debaixo da água congelada e vejo a mãe passar por cima de mim. MÃÃÃEEE! grito e bato com os punhos e os pés no gelo. ela para. será que me ouviu? ela olha pra baixo. começa a se abaixar e fica de joelhos bem em cima de onde estou. seu rosto está fantasmagórico. ela parece o cartaz do filme de terror que tá passando no cinema do centro. fico com medo. ela vai se abaixando e aproximando o rosto do gelo até encostar e dar o maior e mais assustador grito que eu já ouvi na minha vida. o gelo se rompe. PLAM! o céu tá todo fechado. vai chover bastante. pego a bike e vazo no gás até em casa. chego um pouco antes da chuva. o pai já saiu. ele vai no bar carrossel no final da tarde. é um boteco que fica ali na esquina da rua de baixo. tem uma mesa de sinuca que fica bem no meio do bar. os velhos ficam lá o dia inteiro se revezando no balcão e na mesa. o pai assume o posto às seis. já é cliente cativo. tem cadeira. tem taco. tem copo preferido. tem garrafa com nominho escrito no rótulo. tem potinho de amendoim e de azeitona. tem quem busque também quando não consegue andar. hoje já consigo arrastar o pai sozinho. antes tinha que pedir pros bebuns do bar ajudar ou chamar um táxi pra subir uma quadra. os taxistas achavam uma merda. viviam reclamando que não pagava a corrida vir até aqui pra carregar um bêbado por uma quadra e depois ter de tirar ele de dentro do carro e arrastar até a porta e às vezes até dentro de casa e às vezes ainda ter de colocar no sofá. gosto da casa vazia. ela tem um cheiro invernal suave e aconchegante. pego um copo de água com bastante gelo e sento na cadeira de balanço que era da vó. a cadeira fica de frente pra lareira por causa das dores nos pés que a vó sentia e que só passavam com o calor forte. a vó não tá mais aqui então viro a cadeira pra janela. abro ela. sento. bem melhor. penso. a chuva passa e deixa uma lua cheia com o céu estrelado. não tem porque ficar virado prum monte de cinzas. bem melhor o céu à noite. adoro comer gelo. boto um pouco de água no copo só pra dar uma quebrada no gelo dos gelos. pra dar uma amolecida. até tomar toda a água eles dão uma derretidinha e ficam mais redondos e mais fáceis de serem mastigados. e porque também não grudam na língua. se você põe na boca um gelo recém tirado do congelador ele gruda no beiço. é foda. às vezes até arranca umas pelinhas. gosto de comer gelo pra ficar com a boca amortecida. a irmã mais velha da minha mãe dizia que água gelada é boa pra dor no estômago. é verdade. sinto bem menos dor na boca do estômago depois de um copão de gelo. PLAM! vixi. lá vem o pai cozidão derrubando tudo. hoje tá reclamando porque o time dele perdeu. resmunga um pouco. dá uns gritos. faz uns esperneios e depois dorme. às vezes chora um pouco. que merda. penso. levo o pai até o quarto. ele resmunga duas três coisas da mãe e apaga. seria bem mais fácil se eu fosse sozinho.

21

boto a mão dentro da calça. nessa hora sempre tenho pensamentos estranhos. quero pensar na modelo bonita da tv e só o que vem é a professora família piazada do bairro. nada a ver. que bizarro. paro um pouco. tiro a roupa e fico pelado na frente do espelho. às vezes tenho um pouco de vergonha de ficar me olhando. não sei porque. é uma pira isso. queria ter o ombro mais levantado igual ao do joão. ombro de nadador campeão olímpico. ele era um idiota mas o tronco dele impõe. as gurias quando chegavam perto dele sempre colocavam uma das mãos no peito e ficavam fazendo assim assim com os dedos acariciando ou quando eles se abraçavam e a cabeça delas sempre se encaixava certinho entre o pescoço e o peito parecia que elas gostavam. acho um saco isso. que difícil olhar nos próprios olhos. a visão desfoca e tudo fica embaçado. pisco um pouco. fico olhando e tudo volta ao normal e aí desfoca de novo. um olho é maior que o outro e a pupila da direita tá sempre mais dilatada que a da esquerda. que cara de nóia. penso. acho que já cresci tudo que tinha que crescer. esses dias li numa revista científica que o tamanho médio dos homens é de um metro e setenta e três centímetros com um pau de quinze centímetros. pego a fita métrica. um e cinquenta e sete de altura e doze centímetros de pau. entendi. eu sou o que puxa a média pra baixo. começo a me masturbar. é bom mas ainda dói um pouco. a pelinha não se rompeu por completo e por isso faço força pra que arrebente de uma vez. dá vergonha fazer na frente do espelho. mesmo assim faço força e fico olhando. o calor aumenta. o corpo vai ficando cada vez mais vermelho. as veias começam a saltar aqui e ali e o rosto parece que vai explodir. agora a visão não tá embaçada. penso. dói. dói muito. os olhos vermelhos com as pupilas diferentes só que agora dilatadas e as veias do rosto saltadas parecendo uma bomba de sangue prestes a explodir. olho pra baixo e tem sangue na minha mão. um pouco. que se foda. penso. tenho que arrancar essa pelinha. a piazada sempre se reúne na casa da rua da macieira pra tocar punheta e ficar comparando os tamanhos dos paus. quem se fode são os mais novos que ainda não cresceram. porque eles vão lá? é humilhante. podiam ficar em suas casas jogando seus videogames mas não. preferem baixar a cueca e mostrar seus pintinhos diminutos pra uma plateia que vai durante anos dizer pra você o quão insignificante você é por causa do tamanho do seu pau. é uma lógica matemática.

pinto pequeno = sexualidade duvidosa

anoto esse pensamento. PLÉC! aaahhh!!! merda!!! que dor!!! a pelinha rompe feito um elástico de borracha e um pouco de sangue escorre pela mão e pernas. começa a doer mais e mais. olho no espelho e fica tudo embaçado de novo. entendi. quanto mais pressão na cabeça mais fácil de ver as coisas. deito no chão. o corpo treme um pouco de dor. e de prazer. é uma sensação boa essa dorzinha que dá. sinto o alívio de ter cumprido uma missão. se o pai tivesse aqui eu ia ter orgulho de contar pra ele que agora tenho um pau de adulto. penso. só que é mentira. queria ser esse piá que se orgulha dessas coisas. igual o joão. que tinha o peito inflado de pombo cheio de gurias escoradas passando a mão nele só que tenho vergonha de contar até pro espelho o que acabou de acontecer. imagina pro meu pai. hahaha! ainda bem que a vó sempre tinha uns remédios pra essas coisas de rasgar cortar esfolar. passo o remédio na ferida. boto minha roupa e sento na cama. abro o caderno de capa vermelha. anoto.

prazer e dor prazer e dor prazer e dor prazer e dor prazer e dor
prazer e dor prazer e dor prazer e dor prazer e dor prazer e dor
prazer e dor prazer e dor prazer e dor prazer e dor prazer e dor
prazer e dor prazer e dor prazer e dor prazer e dor prazer e dor
prazer e dor prazer e dor prazer e dor prazer e dor prazer e dor
prazer e dor prazer e dor prazer e dor prazer e dor prazer e dor
prazer e dor prazer e dor prazer e dor prazer e dor prazer e dor
prazer e dor prazer e dor prazer e dor prazer e dor prazer e dor
prazer e dor prazer e dor prazer e dor prazer e dor prazer e dor
prazer e dor prazer e dor prazer e dor prazer e dor prazer e dor
prazer e dor prazer e dor prazer e dor prazer e dor prazer e dor
prazer e dor prazer e dor prazer e dor prazer e dor prazer e dor
prazer e dor prazer e dor prazer e dor prazer e dor prazer e dor
prazer e dor prazer e dor prazer e dor prazer e dor prazer e dor
prazer e dor prazer e dor prazer e dor prazer e dor prazer e dor
prazer e dor prazer e dor prazer e dor prazer e dor prazer e dor
prazer e dor prazer e dor prazer e dor prazer e dor prazer e dor
prazer e dor prazer e dor prazer e dor prazer e dor prazer e dor
prazer e dor prazer e dor prazer e dor prazer e dor prazer e dor
prazer e dor prazer e dor prazer e dor prazer e dor prazer e dor
prazer e dor prazer e dor prazer e dor prazer e dor prazer e dor
prazer e dor prazer e dor prazer e dor prazer e dor prazer e dor
prazer e dor prazer e dor prazer e dor prazer e dor prazer e dor
prazer e dor prazer e dor prazer e dor prazer e dor prazer e dor
prazer e dor prazer e dor prazer e dor prazer e dor prazer e dor
prazer e dor prazer e dor prazer e dor prazer e dor prazer e dor
prazer e dor prazer e dor prazer e dor prazer e dor prazer e dor
prazer e dor prazer e dor prazer e dor prazer e dor prazer e dor

prazer e dor prazer e dor prazer e dor prazer e dor prazer e dor

prazer e dor prazer e dor prazer e dor prazer e dor prazer e dor
prazer e dor prazer e dor prazer e dor prazer e dor prazer e dor
prazer e dor prazer e dor prazer e dor prazer e dor prazer e dor
prazer e dor prazer e dor prazer e dor prazer e dor prazer e dor
prazer e dor prazer e dor prazer e dor prazer e dor prazer e dor
prazer e dor prazer e dor prazer e dor prazer e dor prazer e dor
prazer e dor prazer e dor prazer e dor prazer e dor prazer e dor
prazer e dor prazer e dor prazer e dor prazer e dor prazer e dor
prazer e dor prazer e dor prazer e dor prazer e dor prazer e dor
prazer e dor prazer e dor prazer e dor prazer e dor prazer e dor
prazer e dor prazer e dor prazer e dor prazer e dor prazer e dor
prazer e dor prazer e dor prazer e dor prazer e dor prazer e dor
prazer e dor prazer e dor prazer e dor prazer e dor prazer e dor
prazer e dor prazer e dor prazer e dor prazer e dor prazer e dor
prazer e dor prazer e dor prazer e dor prazer e dor prazer e dor
prazer e dor prazer e dor prazer e dor prazer e dor prazer e dor
prazer e dor prazer e dor prazer e dor prazer e dor prazer e dor
prazer e dor prazer e dor prazer e dor prazer e dor prazer e dor
prazer e dor prazer e dor prazer e dor prazer e dor prazer e dor
prazer e dor prazer e dor prazer e dor prazer e dor prazer e dor
prazer e dor prazer e dor prazer e dor prazer e dor prazer e dor
prazer e dor prazer e dor prazer e dor prazer e dor prazer e dor
prazer e dor prazer e dor prazer e dor prazer e dor prazer e dor
prazer e dor prazer e dor prazer e dor prazer e dor prazer e dor
prazer e dor prazer e dor prazer e dor prazer e dor prazer e dor
prazer e dor prazer e dor prazer e dor prazer e dor prazer e dor
prazer e dor prazer e dor prazer e dor prazer e dor prazer e dor
prazer e dor prazer e dor prazer e dor prazer e dor prazer e dor

prazer e dor prazer e dor prazer e dor prazer e dor prazer e dor
prazer e dor prazer e dor prazer e dor prazer e dor prazer e dor
prazer e dor prazer e dor prazer e dor prazer e dor prazer e dor
prazer e dor prazer e dor prazer e dor prazer e dor prazer e dor
prazer e dor prazer e dor prazer e dor prazer e dor prazer e dor
prazer e dor prazer e dor prazer e dor prazer e dor prazer e dor
prazer e dor prazer e dor prazer e dor prazer e dor prazer e dor
prazer e dor prazer e dor prazer e dor prazer e dor prazer e dor
prazer e dor prazer e dor prazer e dor prazer e dor prazer e dor
prazer e dor prazer e dor prazer e dor prazer e dor prazer e dor
prazer e dor prazer e dor prazer e dor prazer e dor prazer e dor
prazer e dor prazer e dor prazer e dor prazer e dor prazer e dor
prazer e dor prazer e dor prazer e dor prazer e dor prazer e dor
prazer e dor prazer e dor prazer e dor prazer e dor prazer e dor
prazer e dor prazer e dor prazer e dor prazer e dor prazer e dor
prazer e dor prazer e dor prazer e dor prazer e dor prazer e dor
prazer e dor prazer e dor prazer e dor prazer e dor prazer e dor
prazer e dor prazer e dor prazer e dor prazer e dor prazer e dor
prazer e dor prazer e dor prazer e dor prazer e dor prazer e dor
prazer e dor prazer e dor prazer e dor prazer e dor prazer e dor
prazer e dor prazer e dor prazer e dor prazer e dor prazer e dor
prazer e dor prazer e dor prazer e dor prazer e dor prazer e dor
prazer e dor prazer e dor prazer e dor prazer e dor prazer e dor
prazer e dor prazer e dor prazer e dor prazer e dor prazer e dor
prazer e dor prazer e dor prazer e dor prazer e dor prazer e dor
prazer e dor prazer e dor prazer e dor prazer e dor prazer e dor
prazer e dor prazer e dor prazer e dor prazer e dor prazer e dor
prazer e dor prazer e dor prazer e dor prazer e dor prazer e dor
prazer e dor prazer e dor prazer e dor prazer e dor prazer e dor

prazer e dor prazer e dor prazer e dor prazer e dor prazer e dor
prazer e dor prazer e dor prazer e dor prazer e dor prazer e dor
prazer e dor prazer e dor prazer e dor prazer e dor prazer e dor
prazer e dor prazer e dor prazer e dor prazer e dor prazer e dor
prazer e dor prazer e dor prazer e dor prazer e dor prazer e dor
prazer e dor prazer e dor prazer e dor prazer e dor prazer e dor
prazer e dor prazer e dor prazer e dor prazer e dor prazer e dor
prazer e dor prazer e dor prazer e dor prazer e dor prazer e dor
prazer e dor prazer e dor prazer e dor prazer e dor prazer e dor
prazer e dor prazer e dor prazer e dor prazer e dor prazer e dor
prazer e dor prazer e dor prazer e dor prazer e dor prazer e dor
prazer e dor prazer e dor prazer e dor prazer e dor prazer e dor
prazer e dor prazer e dor prazer e dor prazer e dor prazer e dor
prazer e dor prazer e dor prazer e dor prazer e dor prazer e dor
prazer e dor prazer e dor prazer e dor prazer e dor prazer e dor
prazer e dor prazer e dor prazer e dor prazer e dor prazer e dor
prazer e dor prazer e dor prazer e dor prazer e dor prazer e dor
prazer e dor prazer e dor prazer e dor prazer e dor prazer e dor
prazer e dor prazer e dor prazer e dor prazer e dor prazer e dor
prazer e dor prazer e dor prazer e dor prazer e dor prazer e dor
prazer e dor prazer e dor prazer e dor prazer e dor prazer e dor
prazer e dor prazer e dor prazer e dor prazer e dor prazer e dor
prazer e dor prazer e dor prazer e dor prazer e dor prazer e dor
prazer e dor prazer e dor prazer e dor prazer e dor prazer e dor
prazer e dor prazer e dor prazer e dor prazer e dor prazer e dor
prazer e dor prazer e dor prazer e dor prazer e dor prazer e dor
prazer e dor prazer e dor prazer e dor prazer e dor prazer e dor
prazer e dor prazer e dor prazer e dor prazer e dor prazer e dor

olá. meu nome é prazer. e eu sou a dor. o prazer é uma coisa amarela com bracinhos e perninhas e olhos e nariz e boca. a dor é igual só que maior e vermelha e sem nariz. elas saltam pra fora do caderno. são duas bolinhas não muito redondas. quero dizer. não são como duas bolas de sinuca perfeitinhas brilhantes e polidas. são dois corpos que parecem de gelatina. tipo o boneco de gelatina da propaganda. elas saltam e gritam

JUNTAS NÓS SOMOS O SEXO!

aí a amarela diz. e também o amor. e aí a vermelha diz. e também o casamento. e a amizade. e as brigas. e o ódio. e o drama. e o conflito. e a diferença. e o tesão. humm. tesão é bom. porque você disse isso? diz a amarela. porque é! você nunca tinha dito essa antes. e vai chegando perto da bolinha vermelha fazendo uma dança sedutora e tal e aí quando estavam pra se beijar a vermelha diz para! odeio quando você usa esses momentos pra tirar proveito de mim. a amarela se afasta um pouco e continua só que dessa vez sem parar. e o vício e a paixão e a vergonha e o desejo e as desavenças e a harmonia e os beijos e a revolta a cólera a raiva a malícia. ela tava começando a se inflamar quando a outra interrompeu dizendo e as brincadeiras. elas se olham. que tipo de brincadeiras? diz a amarela. as brincadeiras. responde a vermelha. cite uma. esconde-esconde por exemplo. sim. esconde-esconde é uma boa brincadeira. principalmente à noite quando as pessoas somem e reaparecem duas horas depois de banho tomado. pega-pega também é boa. sim. ainda mais quando brincam meninos e meninas. o que você está sugerindo? nada. então porque ainda mais quando brincam meninos e meninas? porque sim! porque sim não é resposta. é sim! não é! é sim! não é! é sim! não é! as duas bufam e ficam em silêncio se olhando até que a vermelha diz. porque foi assim que a gente se conheceu. hahaha! as duas bolinhas riem de forma barulhenta e escandalosa com as bocas bem abertas e aí consigo enxergar lá dentro fileiras de dentes como as dos tubarões. são predadoras. penso. o riso delas aumenta. e aí a vermelha diz. porque você leva tudo pra esse lado sempre?! só que não é uma pergunta. é uma afirmação. no que a amarela responde sarcástica e cinicamente contando nos dedos. chata velha carrancuda e. ela para. pensa um pouco. suas mãos têm apenas três dedos. reparo que os pés também. enquanto conta ela vira de costas e vejo um rabinho cotoco que sai da altura do que seria uma bunda. a outra também deve ter. penso. fica um silêncio no quarto enquanto ela revira os olhos pra cima tentando achar a palavra certa. eeeeeeee já sei! o quê? a outra diz meio emburrada. chata! hahaha! ela se caga de rir sozinha. a outra fica calada com cara de cu. parece que vocês já se conhecem há muito tempo. digo. então as duas fazem a mesma cara e olham pra mim como se eu tivesse falado merda. hahaha! elas riem juntas e pulam em cima de mim. uma em cada ombro. se você pudesse desejar algo. do fundo coração. algo que você só pudesse desejar uma vez. uma vez só. sem chance de voltar atrás. nunca nunquinha. o que você desejaria? a mãe entra pela porta com o pai o joão o tomás e a vó. eles empurram um carrinho com um bolo de aniversário em cima. tem uma vela no bolo com o número 3. eles cantam parabéns. enquanto cantam eles vão se desmanchando derretendo junto com a vela até que sobra só uma lama escura no chão do quarto. chove dinheiro. tenho uma bike nova. uma casa nova. pais novos. amigos novos. visto roupas caras. tenho sete tvs gigantes. um cinema na garagem que tem novecentos carros. um lago com barcos e um aeroporto com mil aviões e todas as pessoas me amam. o mundo explode. a cidade pega fogo. todas as pessoas morrem. a mãe me parindo de novo e na frente dela um outro pai. uma outra mãe me parindo e na frente dela o meu pai. vários casais de mães e pais diferentes parindo parindo parindo em escala industrial e pessoas numa sala assistindo tudo com um controle remoto que seleciona a criança desejada e aí uma mãozinha vai lá e pega ela e leva até um carrinho de supermercado que despeja o bebê numa sacola que cai numa esteira e aí PLÓF! aparece na sala e todos são felizes com seus bebês novos. no fundo da fábrica um incinerador queima o que sobrou. não sei. digo. não sei o que pedir. preciso pensar. negativo. sem chance. não existe isso. veja só. a vermelha puxa um pergaminho que se abre na frente da minha cara escrito

REGRAS

não pode pensar

tá escrito regras no plural e só tem uma regra. PUF! ela estala o dedo e o pergaminho desaparece. vai! fala logo! o que você desejaria? que vocês sumissem. O QUÊ???!!! as duas bolinhas somem. fecho o caderno. meu pinto dói e tem sangue na calça. merda! pelo menos não vou mais passar vergonha na frente da piazada.

22

as coisas tavam indo meio mal pros negócios do pai. já tinha trocado de produtos umas dez vezes. até comida pra cachorro ele tentou vender. aí teve de fechar o escritório. o aluguel tava muito caro. na verdade ele não tinha dinheiro pro aluguel. sempre teve. agora não tem. simples assim. passava o dia inteiro reclamando. e bebendo. e bebendo e reclamando. e reclamando. e bebendo. tava foda de aguentar. a vó até dava uma força com a aposentadoria e meio que segurava a barra dos porres do pai. mas não era o suficiente. comecei a passar mais tempo na casa da rua da macieira do que já passava. voltar pra casa foi perdendo o sentido. uma noite o zoínho entrou na casa da rua da macieira e me entregou um bilhete. teu pai passou lá em casa e disse que era pra entregar pra você. que ele tinha te procurado pelo bairro todo e não tinha te encontrado. mentira. foi direto na casa do zoínho e deve ter deixado o bilhete por debaixo da porta. ele deixou debaixo da porta né?! o zoínho só levantou a sobrancelha.

Oi, filho.
Tua vó faleceu hoje pela manhã.
Ela teve uma parada cardíaca fulminante e
o enterro vai ser amanhã às 09hs.
Ela vai ficar junto com teu vô.
Se você quiser aparecer acho que ela ia gostar.
Beijo

amassei o bilhete. joguei pela janela. quer jantar lá em casa? balancei a cabeça dizendo que não. deixa quieto. beleza. o zoínho foi embora. deitei no sofá e até o sol nascer fiquei fazendo contas. números números números. de repente nada mais fazia sentido. fui até em casa e não tinha ninguém. o carro não tava na garagem. não tive coragem de ir até o cemitério. o enterro do vô pai do meu pai foi enterro suficiente pra uma vida inteira. havia três dias que eu não dormia em casa. o cheiro ali dentro estava horrível. louça na pia. geladeira mal fechada e descongelando no chão da cozinha. armários vazios. dei uma geral na casa até o pai chegar. ele chegou no fim da tarde completamente bêbado se arrastando. olhou pra mim com desprezo e disse você sempre chega tarde. é sempre o último. porra! não sobrou nada! e caiu. senti pena. senti raiva. senti amor ódio e uma vontade absurda de botar fogo em tudo. o que eu podia sentir por ele numa vida inteira eu senti naquele instante. botei o pai no sofá e fui dormir. de manhã fiz café pra gente. ele sentou. se serviu de uma xícara. pegou um pão. vendi o carro. ele resmungou. e ficamos em silêncio. passamos a viver mais o silêncio que havia entre nós e com o passar dos dias meses anos fomos entendendo que essa era a melhor forma da gente se comunicar.

23

vai caralho! corre! corre! puta merda! olha lá! caralho! porque você tacou a pedra porra?! falei que ia dar merda! vai se foder! cala a boca! parem de brigar os dois porra! corre! cada um correu prum lado. na hora do desespero cada um correu o mais rápido possível pra onde o nariz tava apontando. o seu carlos pegou um pedaço de pau que tava ali no canto do muro já meio que esperando a piazada porque eles sempre faziam isso e saiu atrás do que tava mais perto. o antônio catou o marcos pelo braço e se embrenhou no mato atrás de uma casa e vazou. esse matagal dá numa ladeira que dá num rio. se você atravessa o rio fica a salvo de qualquer perseguição. o josé mais o paulo e o joão quando viram que o seu carlos tinha ido atrás do davi diminuíram a velocidade e pararam lá na esquina onde passa o ônibus e ficaram olhando. o levi correu em direção a ladeira também mas quando viu que o seu carlos tinha ido atrás do davi ele parou e voltou. até tentou chamar o antônio e o marcos mas de que ia adiantar? o marcos tem três anos. ia ser um fardo numa situação dessa carregar um piá daquele tamanho então ele entendeu que o antônio ia levar o mais novo até em casa e saiu correndo sozinho salvar o irmão mais velho. se o seu carlos pegar o davi vai encher ele de paulada. ele pensou. puta que pariu! preciso chegar antes disso. quando o pai saiu do meio do mato viu o seu carlos de joelhos no gramado que tem na frente da mercearia dele fazendo massagem cardíaca no davi. mas ele ainda não sabe o que é isso. pra ele o seu carlos tava esmagando o piá pelo peito aí ele começou a gritar davi! davi! que cê fez com ele?! larga ele seu filho da puta! o pai já tava pronto pra pular em cima do cara e encher ele de mordida e aí o seu carlos manteve a calma e disse com a voz muito tranquila vá lá dentro e diga pra gertrudes trazer um balde com água gelada e outro com água quente e alguns panos e um pouco de sal. o pai não teve condições emocionais de continuar o seu plano de ataque. estancou a investida quando olhou nos olhos do homem e entendeu que ele tava salvando a vida do seu irmão mais velho. o seu carlos era um homem de uns trinta anos e tinha herdado essa mercearia do pai vítima de um infarto fulminante. meu pai conta que o pai dele conta que o pai do seu carlos era um homem muito duro e correto e que tinha servido na guerra e que tinha muito orgulho de ter sobrevivido e que tinha até umas medalhas lá penduradas na prateleira dos melhores produtos pra que todo mundo que entrasse desse de cara com suas relíquias militares. o carlos era seu único filho e foi criado dentro da mais alta rigidez militar. passou por todos os colégios de milicos da cidade e no fim acabou se formando em história. virou professor do estado e lecionou até o falecimento do pai quando acabou assumindo a mercearia junto com a esposa que também teve de largar seu emprego de professora de inglês. ela ainda dá aulas particulares pra piazada. tem uma placa na entrada da mercearia

AULAS PARTICULARES DE INGLÊS
TRATAR COM GERTRUDES

o levi entrou na mercearia gritando pela dona gertrudes que veio toda afoita perguntar o que tava acontecendo mas aí ela viu o marido lá fora com o piá esticado na grama fazendo respiração boca a boca e foi correndo lá pra dentro buscar as águas e os panos e o sal que meu pai não parava de gritar que ela tinha de pegar. por sorte eles sempre têm água quente no fogão pros cafés dos clientes então ela voltou muito rápido com as coisas e foi lá ajudar o marido e meu pai também queria ajudar pois era o irmão que ele mais gostava e aí ele posso ajudar? a voz fina cálida e humilde. bem diferente dos berros da chegada. seu carlos perguntou você acredita em deus? o pai balançou a cabeça

dizendo que sim. então segure a mão dele e reze. e o pai rezou
com muita força a única reza que ele sabia e que ele repetia toda
noite antes de dormir

senhor deus
prometo que se o senhor fizer o que eu tô te pedindo
eu vou na igreja todos os dias até o dia que morrer
e vou rezar um pai nosso e uma ave maria

só que entendendo que a situação era do mais alto
risco ele imaginou que teria de fazer um sacrifício
bem maior e colocou mais dois versos na reza

e prometo nunca mais roubar e comer escondido
as bolachas dos meus irmãos

claro que foi milagre! terminada a última sílaba da reza o piá
começou a tossir no chão. o levi levantou e foi abraçar o irmão.
o seu carlos de joelhos ao lado do corpo foi pra trás e abriu um
sorrisão enquanto a gertrudes abraçava ele por trás e agradecia
em silêncio pelo marido que ela conheceu num aniversário de
crianças que ela foi por acaso com uma prima num domingo
sem nada melhor pra fazer. ele era um homem gentil e amável.
só que a piazada insistia em infernizar a vida dele. dessa vez foram suas mexericas. eram as melhores mexericas do mundo. as
frutas que o seu carlos e a dona gertrudes plantavam no quintal
eram as melhores da cidade e todos os piás sabiam disso. por
isso vinham até de outros bairros pra subir no muro e tentar
arrancar com cabos de vassouras as frutas dos galhos mais altos
porque a dos mais baixos já tinham sido levadas ou colhidas.
a piazada era foda. trabalho de gênios do crime organizado.
eles pegavam uns cabos de vassouras e faziam duas coisas. em
alguns eles amarravam uns arames na ponta dos cabos e nos
arames colavam um tecido em formato de saco. era uma espécie

de rede de pegar borboletas só que mais resistente. nos outros cabos eles amarravam lâminas de facas pra cortar os galhos das frutas que eles queriam que caíssem dentro dos sacos. depois que todo mundo saía correndo a piazada se reunia do outro lado do rio e repartia o roubo. perfeito. só que nesse dia resolveram levar o davi junto. ele sofria de bronquite asmática e a vó e o vô não tinham dinheiro pra comprar os remédios que os médicos receitavam desde que ele tinha nascido. o jeito era ele ficar quieto na dele meio que o dia inteiro. só que piá dessa idade quer ficar em casa? não dá né?! aí nesse dia ele brigou com os irmãos e foi junto. e aí foram todos os oito. coisa que nunca acontecia. na hora de fugir passou mal pra caralho e não fosse o seu carlos ele já estaria respirando bem melhor em outro lugar. cuide do seu irmão. ele precisa de você. cresci ouvindo meu pai repetir isso pro joão e pro tomás.

24

dois dias depois o davi morreu. tinha alguma coisa errada com ele quando ele chegou em casa. tossia muito e respirava com bastante dificuldade. a vó deu um copo com água e açúcar pra ele e aí ele foi dormir. acordou melhor e passou o dia todo normal. de noite ele tava ali de boa conversando com o vô e não sei o quê e não sei que lá e foi deitar. aí acordou de madrugada reclamando de falta de ar e falta de ar e falta de ar levaram ele pro hospital mas ele não aguentou chegar lá. fizeram boca a boca. intubaram ele de tudo quanto é jeito. não deu. os irmãos ficaram anos achando que aquela correria toda tinha ajudado a piorar o quadro dele mesmo com os médicos dizendo que não tinha nada a ver. na real sabe o que eu acho? não foram médicos que atenderam ele. isso é o pai contando a história que foi contada pra ele pelo pai dele meu vô. certeza que tinha um estagiário lá bem do meia boca que não sabendo o que fazer deu um remédio pra vaso dilatar e o troço acabou por foder com o que já tava fodido. a minha irmã tem uma boca cortada por causa de um cachorro que pulou na cara dela e com uma das patas quase arrancou o lábio superior bem debaixo do nariz deixando ele pendurado tipo um bife no açougue. o pai deu uma bica no cachorro e quando viu que a beiça dela tava daquele jeito colou ela com um bandaid e foi pro pronto socorro. só que era ano novo. ou natal. não lembro direito. acho que era ano novo e eles tinham ido na casa de um amigo do pai desejar felicidades e boas festas e o carniça do cachorro quando abriu o portão deu um pulão na cara da guria. ela tinha acho que um ou dois anos e por isso nem lembra direito o que aconteceu. por isso regenerou mais fácil. quando a gente chegou no hospital não tinha ninguém lá pra atender. só os estagiários. uma piazada que nem pentelho tem. reclamou meu pai. aí minha irmã caiu na mão de um piá lá que queria cortar o bife que tava pendurado e meu pai disse nem fodendo! larga essa tesoura e cola isso aí no lugar de novo que ela é pequena e o troço regenera! com licença senhor mas o procedimento diz que. o procedimento diz o caralho! é a cara da minha filha! aí o pai ficou nervoso e já queria arrancar a guria do hospital de qualquer jeito e ficaram lá batendo boca mais uns minutos até que alguém disse cola a pele que é melhor. não sei quem disse. acho que foi a voz da experiência. provavelmente uma voz feminina. só fizeram um curativo na beiça dela e mandaram pra casa. passamos o ano novo no hospital. isso. era ano novo. lembro dos carros buzinando. das luzes. dos fogos e do pai xingando deus e o mundo que tinha perdido a festa de ano novo e que o estagiário ainda queria cortar a boca dela e ai meu deus! ai meu deus! foi a primeira vez que o pai chamou a irmã de filha. foi muito bonito esse dia. fiquei tão emocionado que até achei que os fogos eram pra comemorar esse feito. foi o instinto né pai? o quê? nada. deixa pra lá. nem parecia o velho pai que tava se afundando no sofá. fiquei feliz como não ficava há um tempo. por isso o davi morreu. foi um remédio errado numa noite de estagiário no comando da festa. foi o primeiro enterro da vó. ela lá de preto no cemitério e uma passeata que protestava contra sei lá o que do lado de fora passando na rua e fazendo muito barulho fez com que quem tava ali não pudesse ouvir as palavras que ela pronunciava com tanta dificuldade enquanto o caixão era baixado na terra. o coração é um tambor e cada pazada de terra em cima dele é uma batida que ecoa ecoa ecoa até não ser mais ouvido. mentira. cada batida é um corte que não cicatriza. às vezes a vó ouvia TUM! TUM! TUM! nessa hora segurava bem forte o pano da saia e fechava os olhos. era como se conseguisse falar com ele. e conseguia.

25

ela não é minha irmã. deixaram ela na porta de casa um tempo depois que a vó morreu. o pai já tava mal e começando a sentir os efeitos da doença. já tava cego de um olho e caminhava muito pouco. o suficiente pra ir e voltar do bar. ela veio num carrinho de supermercado toda enrolada numas cobertas velhas e úmidas. chorava muito. bateram na porta e saíram correndo. acho que saíram. quando abri a porta não tinha ninguém no meu raio de visão. só esse carrinho de supermercado com uma coisa embolada e fazendo barulho. achei até que era um bicho. e era mesmo. quando abri o pacote tinha uma coisinha chorando e se debatendo toda esperneando e se mexendo e quem tá aí? perguntou o pai lá do sofá. não respondi. peguei a guria no colo e entrei. o pai ficou muito louco. leva isso já daqui! quem deixou essa criança na nossa porta?! pelamor de deus! a gente não tem condição de criar uma criança! jesus do céu! porque na nossa porta!? ele começou a chorar e a gritar e a andar pra cima e pra baixo e a falar coisas que não tinham nada a ver aí eu falei baixinho olha pai! olha que bonitinha! ele esfregou o olho bom e veio até perto da gente. o coração do pai tava doente. já tinha perdido o brilho. ele deu as costas e voltou pro sofá e não falou mais nada. fui até a cozinha e abri a geladeira. nada. restos de almoços amontoados na mesma panela cheirando há duas semanas. água. um vidro de azeitonas pela metade. fechei a geladeira. ela não parava de chorar. fui até a casa do zoínho. chamei ele pela janela do quarto. que foi piá?! olha isso! caralho! que porra é essa?! não é porra! olha que bonitinha. ele saiu pela janela e veio até a frente de casa. da onde cê tirou esse bebê?! perguntou espantado achando que era alguma brincadeira. piá! cê não acredita! acabaram de deixar lá na porta de casa! como assim? sei lá! bateram na porta e saíram correndo e quando abri tinha um carrinho de supermercado com essa guria dentro enrolada numas cobertas toda molhada. caralho! cê tem que levar na polícia! porque?! como assim porque!? cê tá pensando em criar? aham! respondi assim meio besta como se tivesse encontrado um gato. aham! com um sorrisão no meio da cara. o zoínho ficou quieto olhando pra gente um tempo pensando. aí ele chegou a uma conclusão. ok. ele tá meio louco. bebeu. usou drogas. tá numa viagem e acha que esse pacote nos braços é um vaso com uma planta que você vai regandinho todo dia e aí vai crescendo e coloca ela ali no sol perto da janela e tá tudo certo mas não é! não é o quê? isso aí não é um vaso de planta porra! eu sei. é minha irmã. aí ele quase desmaiou. fez uma cara de merda. arregalou os olhos. passou a mão nos cabelos. deu uma volta pra lá uma volta pra cá e disse beleza. o que você precisa? a gente é muito bróder. sabia que ele ia me ajudar. tô sem nada lá em casa pra dar de comer pra ela. cê não tem aí um leite ou uma parada qualquer? sei lá. faz um sanduíche duplo. hahaha! pera aí. vou pegar leite lá dentro. ele voltou com um litrão de leite integral enriquecido com vitaminas e ômega 3 feito para campeões. na propaganda eles dizem que esse é o leite que faz crescer e deixa inteligente e tem ferro e cálcio e todas as paradas que a gente precisa pra ficar forte e não sei o quê e não sei o que lá só que se você olhar no pé da caixa tem um quadrinho com um texto que diz que não se deve alimentar lactantes com esse leite. sabe porque? porque ele é merda. mas na propaganda ninguém é merda. na propaganda a gente é muito foda. fomos até a casa da rua da macieira dar um tempo com a guria e ela mamou quase metade da caixa. depois vomitou um tanto. depois apagou. aí a gente se olhou. e agora?

26

depois que a perna esquerda do pai foi amputada ele não conseguiu mais ir até o bar. botaram ele numa cadeira de rodas e ele parou de se mover. ficou triste demais. a cadeira ficou na frente da janela. ele não gostava de sair de lá. ficava repetindo a mesma história. não deixava que eu fechasse a janela. ficava lá conversando sozinho e contando como ele era bom com a perna esquerda. batia faltas. dava passes milimétricos. fazia gols. sempre na perna esquerda. o pai dele nunca notou que ali estava o maior ponta esquerda que o brasil viria jogar. aí ele não virou o maior ponta esquerda do brasil e o brasil não viu ele jogar. obrigaram ele a trabalhar desde muito cedo e com dezesseis anos o pai já tava morando sozinho. nunca deixou de ver seus pais. o problema não era a violência nem a bebedeira nem o caos familiar. não. não tinha isso na casa dele. o vô era massa pra caralho e a vó apesar de ser daquele jeito não era uma pessoa má. só que era impossível viver naquela casa. ele disse um dia dormindo. nunca soube porque. deve ser porque não dá pra prender bicho com asas. o pai passou a dormir e a acordar na sala. não tinha mais forças pra subir até o quarto. nem eu tinha mais saco pra ficar carregando ele. aí teve um dia que eu tava preparando a comida da irmã. ela já tava andando e já tinha um monte de dentes na boca e o cocô dela já era bem fedido igual ao nosso e aí ela saiu correndo gritando rindo porque ouviu uma buzina lá na rua e ela adora o barulho das buzinas e adora buzinar e aí sempre que a gente entra em algum ônibus ela fica pirando que tem de apertar a porra da buzina. hahaha! é bem engraçado. o mais legal é que os motoristas nunca ligam. tem uma mulher que dirige um dos ônibus que vai pro centro que até deixa ela sentar no colo dela e dar uma dirigida no busão. ela fica bem feliz e prega o braço na buzina e faz com a boca

FÓÓÓÓ! quando ouvi os passinhos dela correndo em direção à porta larguei tudo ali em cima da pia da cozinha pela metade do jeito que tava senão ela abre a porta e vai pra rua e voei pra pegar ela. o foda é que a mãe odeia quando alguém deixa as coisas pela metade. acho que era a parada que ela mais criticava em todo mundo. vivia falando das pessoas e de como elas eram incapazes de começar e terminar algo. acho que ela não tinha coragem de bater de frente com ninguém e aí ficava falando sempre em tom de sarcasmo cinismo e num volume tão baixo que era pra gente ouvir mas que era pra não ficar dando muita bola. era pior. porque aí a gente ouvia e não sabia muito bem o que fazer. seria muito melhor se tivesse dado um berrão na orelha e resolvido de uma vez. só que não era comigo que ela pirava. ela tava sempre falando do pai. odiava isso nele. e agora eu é quem tava deixando as coisas pela metade. mas era pra não deixar coisas piores acontecerem! acho que se ela tivesse aqui ela ia me perdoar. a irmã já tava com a mão no trinco quando eu catei ela no colo e voltamos pra cozinha pra terminar o rango da galera. voltamos pra cozinha com ela tentando se soltar e querendo voltar pro chão e ao mesmo tempo rindo e mordendo e me dando um monte de beijos e eu assoprando a barriga dela pra fazer aquele barulho de peido que ela adora e não vi que o pai tava caído no chão da sala e aí perguntei se ele não queria tomar um café enquanto eu terminava o almoço e aí silêncio. o pai não acordou mais. não foi o dia mais triste da minha vida. foi só a constatação de que o dia que tinha de chegar havia chegado mais cedo e eu não tava preparado pra ele. sem saber muito bem o que fazer levantei o pai do chão e chamei o zoínho. o zoínho sem saber muito bem o que fazer ficou espantado com cara de nuvem e chamou a mãe dele. a mãe dele sabendo mais ou menos o que fazer ligou pros médicos. os médicos sabendo o que fazer já chegaram chegando e foram fazendo aquelas coisas que eles fazem com os corpos que eles acham que podem viver de novo. aí eu sem saber o que fazer olhando aquela muvuca na casa chamei a minha mãe. em silêncio desejei que ela estivesse ali pra me ajudar. agora eu tinha uma irmã e uma casa pra cuidar e pela primeira vez eu não sabia o que fazer. a mãe do zoínho veio e me perguntou o que eu ia fazer e se eu tinha parentes e se eu já tinha avisado eles e eu só conseguia pensar na minha mãe me abraçando forte e me dizendo estude! estude! estudar o quê?! o pai já tava numa maca lá fora entrando numa ambulância e um cara veio e pegou a irmã e aí eu comecei a gritar e a socar o cara e aí alguém me segurou e disse não sei o quê e não sei que lá de advogado que a tua irmã não é tua irmã e o auxílio prefeitura do conselho tutelar porque a adolescência é difícil e a vida tem mais valor quando não sei o quê e se você tá sozinho e não pode criar uma criança e a gente precisa levar ela até lá e o zoínho segurava minha mão e gritava e eu gritava e a irmã gritava e a mãe do zoínho feito uma barata tonta tentando ajudar mas dessa vez sem saber mesmo o que fazer aí botaram o pai num caixão e ele entrou na terra berrando que queria ser cremado e eu gritava parem de fazer isso vocês não sabem o que tá acontecendo ela é minha irmã e eu vou ajudar ela a crescer e a mãe colocou um copo de leite com açúcar na mesa pra mim e pro joão e pro tomás e vocês três vão crescer e vão estudar e vão se tornar filhos maravilhosos e nessa hora a vó saiu debaixo da terra e começou a fazer uma dança macabra que eu já tinha visto nuns filmes da madrugada e a terra que cobria o rosto dela foi dando lugar a uma caveira e aí ela começou a rir e o riso dela foi ecoando ecoando e a boca dela foi abrindo e abrindo e aí a escuridão toda da garganta dela virou uma caverna e lá de dentro saiu um tentáculo cheio de tentáculos que me puxou e era o braço do zoínho e aí ele me perguntou tudo bem? cê tá bem? não sei. respondi. porque eu tô na tua casa? tua irmã foi levada pela assistência social pra adoção. eles disseram que ela não é tua irmã e que você não tem como criar ela sozinho. vai tomar no cu! ela é minha irmã sim! cê vai ficar aqui em casa até as coisas melhorarem. a mãe dele apareceu com um café da manhã pra gente. tinha um monte de coisas nele. pensei que tava num hotel. nunca fui num hotel. já vi nos filmes e é bem assim mesmo. comemos enquanto o silêncio reinava na mesa. por um momento achei que tava tudo bem. e de fato tava. que sensação boa estar ali. a família do zoínho me pegou pra criar. vou ficar aqui até arranjar um trampo pra ajudar. falei pro zoínho. vai ficar tudo bem. disse a mãe dele. o pai sei lá. nem olhava pra mim. aí de noite fui embora. não deixei um bilhete debaixo da porta. eles sabiam que isso ia acontecer. não dá pra prender bicho com asas.

27

pego um ônibus até o centro. entro por trás e ninguém enche o saco. sento na escada. abro o caderno vermelho de capa dura e anoto alguns pensamentos. metade deles são mentiras. gosto de pensar que algum dia alguém vai encontrar meu caderno e vai ler e vai pensar nossa! que coisas legais! tudo mentira. esse aqui não é mais aquele caderno que eu peguei na escola. já é o terceiro caderno vermelho de capa dura. aqueles eu queimei e enterrei as cinzas no terreno baldio do lado de casa. agora esse é o meu caderno vermelho de capa dura. desço na praça central e vou até o colégio. espero o sinal da saída. fico do outro lado da rua pra ninguém me ver. parei de ir pro colégio. não fazia mais sentido. todos lá tem pai e mãe e contam histórias sobre seus dias que são bem mais legais que as minhas. eu sempre tenho de ficar driblando nas conversas. são todos uns idiotas. não conseguem perceber que é tudo mentira. às vezes falo a verdade e eles acham que é mentira. às vezes minto e eles acham que é verdade. é meio chato isso. aí comecei a brincar de contar a primeira coisa que me vem à cabeça e eles pararam de querer saber sobre a minha vida. é isso né? se encontrar todo dia de manhã e ficar falando da própria vida. o que você fez ontem é a pergunta mais recorrente entre a piazada. e a mais chata também. fico do outro lado da rua e ninguém me vê. a K sai quase depois de todo mundo. não tem ninguém esperando por ela. milagre. ela vai até a praça dos ônibus e entra na fila do que leva ela pra casa. às vezes ela vai pra casa do namorado um. às vezes pra casa do dois e às vezes pra casa de uma amiga. hoje ela vai pra casa. não quero que ela me veja então saio a pé até a casa dela. já sei o caminho. é lá perto de casa. de ônibus leva uns trinta minutos dependendo do tempo que você fica esperando por ele no ponto. várias vezes já cheguei antes do ônibus indo a pé. é o que acontece. fico esperando uns dez minutos ela chegar em casa. ela não me vê. espero um pouco ela entrar em casa que é o tempo de oi oi tudo bem aham e aí ela vai pro quarto dela que dá pra ver de cima do muro da casa do lado onde estou agachado esperando ela trocar de roupa. ela é linda. primeiro ela joga a mochila em cima da cama e tira o moletom. depois a calça e fica só de sutiã e calcinha. o corpo dela é. não sei o que dizer. não entendo de corpos. ela podia ficar assim pra sempre. ia ser legal. uma vez só ela tirou o sutiã. aí eu desenhei no caderno os peitos dela bem como eles são e no meio deles K. gosto assim. hoje não. hoje ela botou uma camiseta e um short e foi pra cozinha pra almoçar e depois foi pra aula de inglês. sigo ela de longe. a rua fica toda perfumada. a aula dela vai durar uma hora e meia. fico esperando ali perto. um cara vem até mim e me estica umas moedas e acena com a cabeça. pego as moedas e vou até o bar da tia que fica na esquina. compro um pão com queijo. que horas são? pergunto pra tia. ela responde e caralho! ela vai sair em dez minutos! corro lá e tem uns alunos saindo. ela sai. hoje ela vai direto pra casa por causa da reunião da família. eles se reúnem uma vez por semana lá porque o pai tem umas manias estranhas. subo no muro. ela entra no quarto. troca de roupa e tira o sutiã. bato uma punheta até gozar. me limpo com a meia. é de noite e vou até a pracinha dar um tempo. de lá vejo a minha casa. ela não é mais minha. alguém vendeu e ficou com o dinheiro. não entendi. achei que eu podia ficar com ela mas me disseram que não e aí a mãe do zoínho falou que eu podia dar um tempo lá na casa deles e o pai dele disse que ia ver o que podia fazer. e a minha irmã? duvido que alguém tenha saco pra fazer alguma coisa por alguém sem ganhar alguma coisa em troca. cadê ela? nem esperei eles me darem essa notícia. vou ficar na casa da rua da macieira até não poder mais ficar lá e aí eu vejo. o zoínho deixou um rango lá pra mim ontem. ele tá ligado que eu tô ligado que ele tá ligado. anoto no caderno.

boi preto conhece boi preto

não lembro quem disse isso. acho que foi meu vô. ele sempre tinha umas tiradas bem boas. era um cara muito engraçado. ele fazia umas máscaras com os pacotes de papelão do supermercado e ficava imitando barulho de robô pela casa e dando tiros de raio laser. hahaha! o vô era foda. tiro da mochila uma bolacha que o zoínho me deu e como uma só pra economizar. vou entrar na casa de noite pra ver se sobrou alguma coisa. deve ter restado alguma coisa lá. o tio da banquinha me reconhece e me dá oi. e aí tio. beleza? meus pêsames. fico quieto. vai se foder! penso. ele vem até mim com umas porcarias da banquinha pra me dar. valeu tio. dois pacotes de salgadinhos e uma garrafa de fanta uva. vai tomar no cu né!? quem que gosta dessa merda?! penso. guardo na mala. valeu tio. repito sorrindo. minha gentileza é falsa mas eles gostam assim. é muito chato ficar esperando sem nada pra fazer. quando você tá se divertindo as horas passam voando. quando você tá esperando um segundo parece uma vida.

28

vou até a casa pelo terreno baldio. a janela do lado tá trancada com cadeado. tento a porta dos fundos. corrente e cadeado. que merda! será que a janela do sótão também? escalo até lá e tá aberta. massa! entro no meu quarto e não tem mais nada. nem um fiapo de coisa. levaram tudo. vou em todos os cômodos e todos estão completamente vazios. que louco! até ontem tinha coisa pra caralho aqui e agora não tem mais nada. vou até a cozinha e abro a torneira. sai água. bebo bastante. encho a garrafa. sento na sala e como uma bolacha. ali bem embaixo da janela tinha uma daquelas mesinhas de telefone com cadeira acoplada. o zoínho tinha acabado de ganhar uma máquina fotográfica da mãe e tirou uma foto minha e da irmã sentados ali. ela exprimida com cara de choro e eu fazendo a careta do samongo. será que vão cuidar dela? será que um dia a gente vai se encontrar e ela vai lembrar de mim? nunca tinha reparado como é úmido e frio aqui dentro. vai ver que é porque tá vazio. na lareira da vó ninguém mexeu. tem uns carvões ainda. pego um e desenho o sofá na parede bem onde ele ficava e no tamanho real. escrevo o nome da vó no lugar que ela sentava. aí o da mãe e o do pai. joão tomás eu e irmã. embaixo dos nomes escrevo os dias da semana e o que a gente fazia em cada dia. o que cada um de nós comia e que horas gostavam de comer cada coisa e o que gostavam de fazer enquanto estavam em casa. anoto tudo até preencher todas as horas dos dias de todos os dias da semana de cada um dos meses de todos os anos que cada um morou naquela casa. faço um círculo bem grande na única unanimidade da família. a lasanha de berinjela da vó. sabe quando uma coisa faz com que todos concordem? quando todo mundo no meio de uma discussão fica quieto e aí róla um silêncio e uns segundos depois as pessoas vão abrindo leves sorrisos no rosto? essa era a lasanha de berinjela da vó. e sempre que alguém falava pra alguém da lasanha de berinjela da vó a primeira expressão era de como assim?! como que uma coisa feita de berinjela pode ser gostosa?! aí eu sempre dizia passa lá em casa! você é meu convidado! cansei de levar a piazada pra comer lá em casa. a galera ia lá e no começo não botava fé mas depois da primeira garfada não queria mais ir embora. hahaha! era muito engraçada a cara da galera depois de comer. aí ficavam enchendo o saco pra ir lá toda a hora. a vó curtia isso de cozinhar pra galera no domingo. mas foi só depois que o vô morreu que ela entrou nessa pira. ela não gostava de ficar sozinha. essa é que é a verdade. os cachorros era só enquanto o vô tava vivo. depois ela ficou triste um pouco e aí se animou e fez coisas muito legais e aí morreu. anoto embaixo do círculo em letras grandes

lasanha da vó

com isso termino todas as paredes da sala e as do corredor. no banheiro anoto as rotinas de cada um. como se limpavam depois de usar o vaso e como o sabonete percorria cada parte de seus corpos. menos o da mãe. ela não deixava a gente ver ela tomar banho. depois que eu virei canhoto passei a pegar o papel com a mão direita e a dar duas enroladinhas com a esquerda e aí me limpava com a esquerda mas o lixinho ficava na direita e aí tinha de passar pra direita pra jogar no lixo. todo mundo era destro então as coisas meio que funcionavam bem pra todo mundo. o lugar da faca e do garfo e do copo. o lado das coisas era o mesmo pra todos. até eu virar canhoto. aí começou a confusão. o joão ficava tirando sarro que eu tava sendo idiota de mudar de mão. ficava dizendo que a maioria escrevia com a direita e se a maioria escrevia com a direita é porque eu tava errado e tava virando uma aberração. o tomás não achava nada. não defendia nem atacava. que se foda. pensei quando ele disse isso. daqui a pouco a gente não vai mais se ver mesmo e aí vou andar só com pessoas canhoteiras. mentira. até agora o único canhoteiro que conheço sou eu e a minha tia irmã da minha mãe. onde já se viu andar com minoria. ainda consigo ouvir o joão resmungando enquanto mastiga. o espelho do banheiro tem um quebradinho no lado esquerdo. caiu uma vez que o pai tava se barbeando e alguém gritou alguma coisa lá de fora e ele saiu correndo pra ver o que era e esbarrou nele e aí PLAW! caiu meio de fianco em cima do pé dele. tava de sapato então não aconteceu nada com o pé. o pedacinho que relou no chão ficou trincadinho. ah louco! que domínio! viu essa filho? a mãe era a que menos gastava tempo na frente do espelho. sempre muito prática. penteava os cabelos. escovava os dentes. jogava uma água na cara e tchau. pra que perder tempo com essas coisas? tenho coisas mais importantes pra fazer do que ficar parada na frente do espelho me emperequetando toda igual ao teu pai. ela disse isso e ficou quieta um pouco olhando pro fundo da cabeça dela. às vezes a mãe soltava umas frases como essa e se tocava de alguma coisa que mantinha em segredo. por exemplo isso aí que ela falou fez ela pensar que se o pai se emperequetava todo não era por causa do trabalho e dos clientes e do atendimento perfeito que ele gostava de dizer que fazia. era por causa de uma mulher. uma mulher que uma vez foi lá no escritório dele à procura de uns negócios lá que o pai vendia e aí deixou um cartão e no outro dia o pai tava cheirando um cheiro diferente. uma loção pós-barba que ele nunca tinha usado. e não foi por causa disso que ela ficou em silêncio. é que ele nunca usou loção pós-barba. achava muito caro e isso aí não serve pra nada! ele dizia. o negócio é molhar a mão com um pouquinho de desodorante e esfregar na cara com um pouco de água. dá uma ardidinha e funciona igual. é importante um homem ficar cheiroso? sim! é muito importante. mas olha esse preço que absurdo! é um assalto! ele esbravejava na frente da seção de coisas para a barba do mercado. pegava lá um perfume qualquer e ficava meia hora reclamando do preço do negócio. chegava a ser engraçado. então o que ele fazia era espirrar um pouco de desodorante nas mãos molhadas e esfregar no rosto depois de fazer a barba. dá uma ardidinha que fecha os poros e deixa com cheiro de cheiroso. dizia alegrão dando uns tapinhas nas bochechas. na primeira vez que o joão foi numa festinha dessas que meninos levam refris e meninas levam salgadinhos o pai ensinou isso ao joão. ele ainda não tinha barba. mas pelo menos você vai cheiroso pra festa. disse o pai. elas não vão resistir. e abriu um sorrisão dando uns tapinhas de leve na cara do joão. acho que funcionou porque o joão tava sempre rodeado de mulheres. e aí de repente o pai tava usando a loção pós-barba do preço absurdo do mercado igual à do vô pai da minha mãe. e você acha que foi ele que comprou? claro que não! esse foi o pensamento da mãe. ele ganhou daquela mulher. só que ela não falou nada. guardou esse pensamento lá junto com os outros pensamentos na caixa dos pensamentos que devem ser guardados num lugar escuro e secreto bem lá no fundo da cabeça. vai que ela esquece né? não não não. esquece nada. esse lugar é tão secreto que esquecimento nenhum consegue chegar lá. já o tomás nem sabia o que era banheiro. sempre passava voando por ali. um dos dentes do tomás caiu de podre bem na frente da pia. ele não gostava de escovar os dentes e aí foi escovar um dia que a mãe brigou com ele e ele bateu com um pouco de força a parte de plástico da escova no dente lá do fundo e o dente caiu. já tava bem podre. só precisava de um empurrãozinho. o dente caiu no chão bem aqui. desenho o dente no chão. aí ele pegou e guardou no bolso. eu vi e ele viu que eu vi. a gente se olhou como dois irmãos que têm segredos devem se olhar e ele fez uns bochechos com água pra limpar o sangue e saiu. passou por mim e mexeu nos meus cabelos e foi pra rua. na cozinha desenho um fogão. dentro do fogão uma travessa com uma lasanha de berinjela e em cima a última conversa que a mãe teve com a vó. você tem que bater devagar e depois rápido. não! primeiro rápido e depois devagar que é pra não empelotar. não! o telefone tocou e elas pararam de discutir. a mãe foi lá atender e. no chão da cozinha faço os pés da vó como ficaram quando a mãe atendeu o telefone. bem paralelos e do lado a tampa da panela que bateu ali depois da vó esbarrar no fogão pra ir lá acudir a mãe.

saiu uma lasca do chão. na parede da porta da cozinha tinha um armário. faço o armário. o pai escondia uns biscoitos que ele gostava e que ele sempre comia um de madrugada. ele achava que ninguém sabia disso. que burro. a mãe sempre brigava com ele. que mania de esconder as coisas! o mundo não vai acabar! deixe teus filhos comerem esses biscoitos também! nem respondia. fingia que não era com ele e na madrugada seguinte já ia lá e mudava o esconderijo porque ele sabia que a mãe ia pegar o negócio e dar pra gente. se eu conseguisse abrir a porta dos fundos ia dar pra ver no ladinho dela as alturas da gente que a mãe marcava não sei porque. ela usava uma cor pra cada um. laranja pro joão. roxo pro tomás. vermelho pra mim. com dez anos o joão já era mais alto que o tomás com treze e que eu com onze. definitivamente ele não era filho do nosso pai. anoto na porta dos fundos que o joão era filho do campeão olímpico de natação. na parede da lavanderia tinha um tanque e em cima um armário velho de duas portas com uma delas estourada que não fechava direito. tinha que dar uma erguidinha nela pra ela encaixar. desenho o tanque e o armário. embaixo do tanque coloco todas as chuteiras da galera. primeiro a do pai. do lado a minha porque eu gostava bem mais do pai que o tomás e o joão. depois a do tomás e a do joão coloco dentro do armário. o joão era um besta. a dele coloco bem no fundo do armário atrás da sacola de ferramentas e da lata de tinner que a vó guardava lá sei lá pra quê. quando não tinha ninguém em casa o tomás sempre ia lá pra dar uma cheirada. um dia ele me chamou e a gente cheirou tinner por uma hora. nunca tinha feito isso. fiquei umas duas horas rindo. ninguém descobriu. é a coisa mais legal do mundo. o corpo fica tão mole e tão leve e a cabeça para de pensar coisas tristes e você fica só viajandão feliz como se o mundo lá fora não existisse. aí de repente vem um helicóptero que fica fazendo um barulho assim de helicóptero e tudo fica em câmera lenta e as coisas vão se repetindo várias vezes e é bem nessa hora que bate a risadeira até que você fecha os olhos porque é impossível não fechar e aí vai dando uma leseira e vai batendo um bode e é impossível não fechar os olhos e é aí que começa a pira. a segunda parte da viagem do tinner. já de cara você tem um sonho. e é um sonho muito particular. difícil de explicar. você vai ter de ir lá e cheirar várias vezes pra entender. na primeira vez você conhece o seu sonho específico. tipo um dom. você vai precisar desenvolver ele senão ele vai ser só um sonho abstrato na sua cabeça. na segunda você tem o mesmo sonho só que de um outro ponto de vista pra que você fique por dentro do que tá rolando. aí a partir da terceira vez começam os capítulos. e é tudo muito real. você sente as coisas. você fala com as pessoas que aparecem. você consegue raciocinar coisas lógicas. não é aquele sonho que você quer voar e não consegue e aí róla uma frustração. é como uma história que já foi escrita em outros tempos que tem começo meio e fim e que você já conhece ou já ouviu falar. você sabe de tudo só que ainda não entendeu. enquanto você percorre o sonho vai rolando uma sensação de que aquelas coisas já aconteceram ou de que você já sabe a resposta pras perguntas secretas que você fez durante a sua vida toda e que você tá ali porque tem uma missão a cumprir e que é só percorrer todos os capítulos que no fim a resposta final vai chegar. fecho o armário e subo até o quarto do joão. nunca entrei aí. vazio desse jeito nem dá pra saber o que tinha dentro. dá pra sentir o cheiro dele. um cheiro de gelol misturado com suor. não sinto nada quando penso nele. não tinha mais pensado nele. o joão nunca me fez falta. o tomás um pouco. gostava quando ele me ensinava a fazer merda. isso é pra você aprender a se virar lá fora. ele repetia. desenho uma multidão de pessoas em todas as paredes até o teto. elas gritam e mandam beijos. bem no meio do quarto desenho o joão. na sua mão direita o diploma de medicina. a boca cheia de dentes de ouro. os olhos brilhantes. no peito escrevo super joão. ao redor dos pés dele um mar de lama e ele afundando. na porta faço correntes e cadeados. faço a chave também e jogo fora. entro no quarto da vó que é o meu preferido depois do meu. faço uma cama e uma janela bem na frente. o vô não morou aqui com a gente. mas é como se fosse. desenho os dois corpos abraçados na cama vendo pela janela o mar e os barcos passando e muitos pássaros e peixes saltando pra fora d'água. num dos barcos está escrito vó e vô. não é linda a nossa casa? ela diz. sim. poderíamos viver aqui para sempre. o que você acha? ele pergunta apaixonado. será maravilhoso. ela diz com a voz calma. e quando tivermos nossos filhos eles vão correr pela praia e brincar na água. isso! ele diz e ainda completa. e vão aprender a nadar e a pescar e subir em árvores e a gostar das plantas como a gente gosta. ela olha pra ele com os olhos úmidos de alegria. e a fazer as tortas que só você sabe. ele responde e se beijam longamente até a excitação tomar conta de seus corpos e ali eles se despem e se amam e desse amor nasce o primeiro filho e depois o segundo e o terceiro e até chegar ao oitavo se passam treze anos e o mar já não é mais o mesmo mar e os jardins já não são mais assim tão verdes e as tortas já não possuem mais os mesmos sabores gostosos. o silêncio vai tomando o lugar dos sorrisos até que todos vão embora e a vó fica sozinha. na parede desenho a vó com o thor. saio e fecho a porta. na porta desenho eu dando um grande abraço apertado no vô e na vó. na frente ficava o quarto do tomás que não tinha porta. ela foi arrombada. o idiota do joão meteu o pé nela uma vez que os dois brigaram e o tomás se trancou lá e ele veio correndo e do jeito que o tomás bateu a porta de um lado o joão enfiou o pé do outro e arrancou a porta com batente e tudo. saiu até um pedaço da parede. na hora eles pararam de brigar porque o susto foi muito grande. aí otário! olha o que você fez?! vai se foder! seu idiota! se você não tivesse pegado a minha grana isso não tinha acontecido. cala a boca! eu não peguei merda nenhuma de dinheiro! claro que foi você! quem mais teria pegado meu dinheiro?! você era o único que sabia o esconderijo. vai tomar no cu! gritou o tomás. aí o joão foi pra cima dele e se arrebentaram na porrada até o pai chegar e separar os dois. sermão e conversa e não sei o quê e não sei que lá e nunca mais arrumaram a porta. o joão tinha ficado de fazer o conserto mas ele cagou pro tomás e sempre que o pai cobrava ele de arrumar ele dava um jeito de jogar pra frente. fui eu quem pegou o dinheiro. não achei que os dois iam se matar no pau assim. era só pra foder o joão. peguei o dinheiro dele e torrei no fliperama. paguei ficha pra todo mundo. deu pra piazada jogar em todas as máquinas a tarde inteira. o tiozinho do fliper achou estranho eu ter tanta grana assim de repente mas fez vista grossa. tava embolsando uma grana. nunca tinha ganhado tanto dinheiro num dia só. ah! quer saber? não vou me importar da onde veio esse dinheiro. vindo pra mim já tá bom. foi isso que ele pensou antes de fechar o caixa naquela noite. só que se fodeu. na mesma noite entraram dois piás encapuzados e armados de facas e tiraram todo o dinheiro dele. os piás tavam lá de tarde jogando também e viram a quantidade de dinheiro que entrou no caixa do tiozinho e correram em casa pegar as máscaras e as facas e ficaram na espreita esperando o tiozinho fechar o fliper. eles já sabiam que ele sempre fechava sozinho e depois dava uma passada no bar pra tomar pinga com vermute. tomava uns sete oito e ia trançando as pernas até em casa. só que eles não esperaram ele sair e ficar bêbado. um dos piás disse vamos esperar ele sair do bar que aí ele já tá bem loco e fica mais fácil de roubar. aí o outro disse você é burro?! aí ele já vai ter gastado todo o dinheiro! aí o burro pensou e disse aaahhh! é verdade! nem tinha me ligado disso. por isso roubaram ele no fechamento do fliper. na verdade são dois burros. se fossem inteligentes não tavam roubando fliperama. pegaram a grana e saíram correndo. o tiozinho ligou pra polícia. aí a polícia foi atrás dos piás. acharam os dois andando na rua bem de boa. sabe porque conseguiram pegar eles? porque um deles na correria esqueceu de jogar o capuz fora. adivinha qual? o burro. isso sempre acontece com os burros na hora do pânico. muita coisa pra pensar e eles sempre acabam se perdendo nos pensamentos. faz vácuo dentro da cabeça. depois de correrem umas cinco quadras o menos burro disse vâmo jogar fora a faca e o capuz senão a gente vai se foder. sem parar de correr tacaram as facas num bueiro. o menos burro também tacou o capuz. por isso que ele é o menos burro. o burrão tava pensando que amanhã ele ia comer um hambúrguer triplo na lanchonete mais massa do bairro e ia se exibir grande grande com sua camiseta nova pras gurias da rua dele e se perdeu entre a ordem do chefinho de jogar as coisas fora e o hambúrguer e a camiseta e quanto dinheiro tinha nas mãos e entre uma coisa e outra jogou fora a faca e esqueceu de tirar do bolso de trás da bermuda o capuz e aí quando a polícia passou procurando os dois ladrõezinhos e viu os dois piás de noite andando na rua tipo dois perdidos mandou eles pra parede pra fazer a revista e o menos burro foi todo felizão porque tinha se livrado das paradas e não tava nem aí de levar mais uma geral na vida e o burrão congelou na calçada. ficou verde azul rosa roxo e aí depois branco. o policial deu um tapão na cabeça dele e vai pra parede muleque! ele nem se mexeu. mijou nas calças e começou a gaguejar nã nã nã fu fu fu e aí os policiais sacaram que tinha alguma coisa errada. revistaram o piá ali mesmo de pé todo mijado. acharam o capuz no bolso de trás e os dois foram passar uns dias lá no distrito. o dinheiro acabou voltando pro tiozinho do fliper que ficou tão feliz tão feliz tão feliz que depois foi lá no bar e tomou doze pingas com vermute estabelecendo um novo recorde pessoal e também do bar. o recorde de antes era do melhor amigo do meu pai. ele tomou nove pingas com vermute antes de cair. só que o melhor amigo do meu pai já morreu. nessa noite o tio do fliper não conseguiu chegar em casa. ficou ali na grama caído até o porre passar. o fliper não abriu no dia seguinte. vou até o quarto do pai e da mãe. fazia um tempão que eu não entrava no quarto deles. depois que o

pai passou a morar na sala ninguém mais entrou lá. a gente
tinha deixado todas as coisas dele lá embaixo pra que ele não
precisasse mais subir as escadas e o quarto foi virando um mau-
soléu. entro no quarto e NHÉC! tem uma tábua solta no chão.
que estranho. não lembro dessa tábua solta. ergo ela e tem uma
caixinha. abro. coisas da mãe. da infância dela. cartas. muitas
cartas. será que ela vai ficar de cara se eu ler? abro uma.

*Hoje conheci o grande amor da minha vida. Espero que
amanhã volte a encontrá-lo. Vou sentir saudades.*

que massa. a mãe e o português todo certinho dela. abro outra.

*Nosso primeiro beijo foi maravilhoso. Sempre achei que seria
molhado e sujo. Foi tão gostoso. Olha só, amanhã marcamos de
tomar um sorvete lá na praça. Não é legal? Já passei meu melhor
vestido. O azul com detalhes brancos que a minha avó fez pro
meu aniversário de 15 anos. Só usei uma vez. Ele estava guarda-
do e cheio de pó. Fiz questão de lavá-lo eu mesma. E de passar,
também. Não tem um amassadinho. Ele está lindo e cheiroso no
cabide atrás da porta. Tenho certeza que ele vai gostar.*

ela não tá falando do pai. deve ter sido o primeiro namorado da
mãe. uma vez eu vi ela falando com o pai sobre isso. o pai tava
sendo sarcástico e tirando sarro da mãe e ela meio que se defen-
dendo disse lá uma hora que já havia amado alguém antes do
pai. aí ele ficou puto e falou umas coisas idiotas e saiu. a mãe riu
e continuou fazendo o que ela tava fazendo. nunca imaginei que
a mãe tivesse se apaixonado antes. achei que ela tinha falado
isso só pra deixar o pai puto. que massa. desenho na parede do
quarto da mãe e do pai um homem. ficou meio parecido com o
joão. acho que ele é o pai do joão. escrevo embaixo do homem

continuo fuçando na caixa e tem mais umas coisinhas. um pingente em forma de anjo escrito atrás

PRIMEIRA COMUNHÃO

vixi. até na igreja a mãe foi. achei que ela era toda cheia de não acreditar em nada. olha que massa. uma bonequinha pequena. eu lembro dela. o nome dela é suzy. a vó falava dessa tal de suzy e eu sempre achava que era alguma amiga da mãe. de fato era. só não imaginava que era uma boneca. tipo aquelas bonecas barbie só que morena. é a cara da mãe ter uma boneca morena. enquanto todas as meninas da rua tinham bonecas loiras a mãe bancava a diferentona. embaixo da boneca tem um papel dobrado. só que mais novo que o resto dos papéis. será que é uma carta de amor do pai? abro.

Tentei falar com você na escola mas não consegui.
Que tal na festa de fim de ano?
;)
Beijo

K

e uma marca de batom quase sumindo do papel. quem será que é? penso penso penso. caralho! não pode ser! é a filha do diretor lá da escola. nunca mais tinha pensado nessa guria. porque será que tem um bilhete dela pra mim na caixa de coisas da mãe? por um momento uma sensação boa me percorre as ideias. coloco o papel perto do nariz pra ver se tem algum cheiro. hahaha! nada a ver. que viagem. vai que tem. ia achar massa sentir o cheiro dela de volta. eu lembro dela. quer dizer. não sei se ela era tão linda assim como eu tô lembrando agora. que droga. porque eu não subi lá? eu nem virei jogador de futebol. naquele dia eu devia ter aceitado o chamado dela lá da janela e ter visto no que ia dar só pra chamar o diretor babão de sogro. hahaha! imagina que palha. e olha só! o nome dela era com K mesmo. eu achava que era com C. sinto meu coração acelerar por um momento. que merda! que que tá rolando? será que tô apaixonadinho? nossa! deu muitas saudades dela agora. porque eu não subi lá?! porra!? foi bem na época que eu ainda achava que ia virar um grande jogador de futebol. tava treinando no campo de areia do clube e o treinador já havia sinalizado pra mim e pra mais três que em breve a gente ia começar a treinar com os piás na grama. esse é o momento em que você pensa porra! vou virar jogador de futebol! foi bem na época que o pai parou de me levar pros treinos e de repente eu não podia mais entrar no clube porque o pai não pagava a mensalidade e o tiozinho da portaria não me deixava entrar e aí eu não chamei o treinador pra me pôr pra dentro não sei porque e o pai também não fez nada a respeito não sei porque e aí eu peguei minha bike e voltei pra casa pelo caminho mais longo e tava chovendo pra caralho nesse dia e aí não sei porque eu parei numa esquina e joguei a mala com todas as paradas do futebol num tambor de lixo e sem saber porque acabei esquecendo da K. que saudades. você era a guria mais bonita do colégio que não era do colégio. pelo menos agora lembrando assim de você lá em cima me dando tchau e os teus cabelos curtos e os teus olhos castanhos e a boca pequena abrindo e fechando um sorriso tão sincero e bonito e o teu jeito de se mexer toda maravilhosa acho que era. leio mais uma vez o bilhete e vejo a mãe levando as roupas pra lavar e revirando os bolsos das calças e das bermudas. ela pega o bilhete do bolso da calça do colégio. lê. dá um sorriso e leva até o quarto dela. pega a caixa e guarda junto com os segredos dela. fuço mais um pouco e no fundo da caixa encontro o relógio que era do vô e mais uma cartinha. que massa! a pilha já acabou e os ponteiros marcam

05:45

quer dizer. não dá pra saber se era da manhã ou da tarde. que será que aconteceu nessa hora? penso. hahaha! nada a ver. abro a carta.

Existe uma menina que mora em mim. Uma menina que mora em mim desde que eu era uma criança. Uma criança de cinco anos. Ou seis. Ou quatro. Não sei. Não me lembro bem. Uma menina bem pequena. Uma menina assim como eu. De pele bege, meio adoentada, com os olhos fundos e barriga d'água. Tinha uma vizinha que, sempre que me via, falava que meus pés eram pés de marcar quina, porque quando eu parava em pé os joelhos forçavam os pés para fora formando um V. A mãe, para consertar a baboseira, me botava na frente do espelho e apontava para eles. Então, dizia orgulhosa: nada de marcar quina! São pés de baila-rina. Uma menina meio ingênua de algumas coisas, mas muito delicada. E despenteada também. Não quis dizer maltrapilha. Só despenteada. Porque não gostamos de nos pentear e nem de pas-sar roupa. Ela sempre cochichava para mim: passar roupa é coisa de gente velha. Uma menina, que tem muitas vontades e desejos e que gosta de sentar e ouvir o vento, só para zombar de quem não consegue. E de conversar com os invisíveis. E de contar para todo mundo as maiores mentiras. Sabe porque? Porque a gente acredita que se todo mundo acreditar não vai mais ser mentira. A gente também gosta de espiar buracos de fechaduras de banheiros quando os velhos vão tomar banho, para ver como nós vamos ficar quando ficarmos velhas. Seremos um pouco melhores que os nossos pais, e mães, e avós. Ela sempre diz que somos muito me-lhores do que eles, porque usamos a imaginação e eles só sabem andar para lá e para cá, e mexer os braços, e tremer as pernas, e tossir, e outras coisas de pessoas sem educação. Nossos pais são bonecos engraçados que se movem bastante pela casa ao final do dia. Ela tem uma voz que sempre faz tremer meu estômago. A voz dela é muito suave. É uma voz que eu consigo ver. Que tem cheiro e que sempre me lembra a cor amarela. De tão perfumada que ela é, às vezes, parece um abacaxi. Tem vezes que, quando ela abre a boca no quarto para me mostrar uma palavra nova que ela aprendeu na rua, eu consigo sentir o perfume até lá da sala. É bem bom e dá vontade de comer. Sempre que ela aparece, é ao meu lado esquerdo, meio de cima, porque eu estou sempre sentada e ela de pé. Às vezes, ela vem do direito. Só às vezes. Eu acho ela muito linda. E eu gosto muito dela, porque ela não faz nenhuma força em mim. Não dá ordens, nem me manda fazer nada. Ela fica parada ao meu lado e conversamos algumas horas por semana. Às vezes, nos olhamos igual olhamos os peixes no aquário do meu pai. Sem fazer aquilo com a boca que é muito engraçado. Hoje ela quer ser uma sereia. Eu quero ser uma truta. Somos bem humoradas quando estamos juntas e jogamos. Jogamos qualquer coisa. Inventamos jogos e jogamos. Só isso. O de hoje era pegar pedras do chão e contar quantos brilhos cada pedra tinha quando a gente as colocava ao sol. Quem conseguisse catar mais brilhos ganhava. Ela gosta de mim porque sei escrever, e ela não. E juntas fazemos cartas que gostamos de guardar em nossas cabeças e depois esquecer. Igual agora. Cartas de Esquecimento. Porque não gostamos de lembrar das coisas quando estamos juntas. Só vale inventar. E combinamos de uma sempre aparecer para outra até morrer.

sem data. porque será que a mãe nunca me mostrou isso? ela escrevia tão bonito. guardo todas as coisas e boto a caixa debaixo do braço. vou levar comigo. volto até o meu quarto. o sol começa a nascer. barulho bem alto de motor lá fora. vou ver na janela e um caminhão para do outro lado da rua. três homens descendo e caminhando até a porta de entrada. eles conversam não sei o quê e não sei que lá e blá blá blá e demolir a casa. eles vão derrubar tudo! penso. desço correndo sem fazer barulho. paro bem na frente da porta. ainda dá pra ouvir eles conversando. a gente tem até amanhã pra botar tudo no chão. merda! um deles bota a chave na fechadura. conto 1. ele gira a chave. 2. gira a maçaneta. 3. ele abre a porta e PLAW! saio correndo. passo no meio dos três berrando vão tomar no cu seus velhos do caralho! hahaha! eles se assustam e gritam umas coisas. até tentam correr atrás de mim mas não dá né?! três velhos de manhãzinha querendo correr atrás de um piá ladeira abaixo não vai rolar. sou muito rápido pra esses três idiotões. só que na saída esbarro num deles e a caixa voa das minhas mãos. tudo que tinha dentro explode no ar. nessas horas o tempo sempre para. porque será? um segundo parece uma vida. olho pra cima e

papel papel papel papel papel papel papel papel papel papel papel
papel papel papel papel papel papel papel papel papel papel papel
papel papel papel papel papel papel papel papel papel papel papel
papel papel papel papel papel papel papel papel papel papel papel
papel papel papel papel papel papel papel papel papel papel papel
papel papel papel papel papel papel papel papel papel papel papel
papel papel papel papel papel papel papel papel papel papel papel
papel papel papel papel papel papel papel papel papel papel papel
papel papel papel papel papel papel papel papel papel papel papel
papel papel papel papel papel papel papel papel papel papel papel
papel papel papel papel papel papel papel papel papel papel papel
papel papel papel papel papel papel papel papel papel papel papel
papel papel papel papel papel papel papel papel papel papel papel
papel papel papel papel papel papel papel papel papel papel papel
papel papel papel papel papel papel papel papel papel papel papel
papel papel papel papel papel papel papel papel papel papel papel
papel papel papel papel papel papel papel papel papel papel papel
papel papel papel papel papel papel papel papel papel papel papel
papel papel papel papel papel papel papel papel papel papel papel
papel papel papel papel papel papel papel papel papel papel papel

papel papel papel papel papel papel papel papel papel papel papel
papel papel papel papel papel papel papel papel papel papel papel
papel papel papel papel papel papel papel papel papel papel papel
papel papel papel papel papel papel papel papel papel papel papel
papel papel papel papel papel papel papel papel papel papel papel
papel papel papel papel papel papel papel papel papel papel papel
papel papel papel papel papel papel papel papel papel papel papel
papel papel papel papel papel papel papel papel papel papel papel
papel papel papel papel papel papel papel papel papel papel papel
papel papel papel papel papel papel papel papel papel papel papel
papel papel papel papel papel papel papel papel papel papel papel
papel papel papel papel papel papel papel papel papel papel papel
papel papel papel papel papel papel papel papel papel papel papel
papel papel papel papel papel papel papel papel papel papel papel
papel papel papel papel papel papel papel papel papel papel papel
papel papel papel papel papel papel papel papel papel papel papel
papel papel papel papel papel papel papel papel papel papel papel
papel papel papel papel papel papel papel papel papel papel papel
papel papel papel papel papel papel papel papel papel papel papel
papel papel papel papel papel papel papel papel papel papel papel
papel papel papel papel papel papel papel papel papel papel papel
papel papel papel papel papel papel papel papel papel papel papel
papel papel papel papel papel papel papel papel papel papel papel
papel papel papel papel papel papel papel papel papel papel papel
papel papel papel papel papel papel papel papel papel papel papel
papel papel papel papel papel papel papel papel papel papel papel
papel papel papel papel papel papel papel papel papel papel papel
papel papel papel papel papel papel papel papel papel papel papel
papel papel papel papel papel papel papel papel papel papel papel

papel papel papel papel papel papel papel papel papel papel papel
papel papel papel papel papel papel papel papel papel papel papel
papel papel papel papel papel papel papel papel papel papel papel
papel papel papel papel papel papel papel papel papel papel papel
papel papel papel papel papel papel papel papel papel papel papel
papel papel papel papel papel papel papel papel papel papel papel
papel papel papel papel papel papel papel papel papel papel papel
papel papel papel papel papel papel papel papel papel papel papel
papel papel papel papel papel papel papel papel papel papel papel
papel papel papel papel papel papel papel papel papel papel papel
papel papel papel papel papel papel papel papel papel papel papel
papel papel papel papel papel papel papel papel papel papel papel
papel papel papel papel papel papel papel papel papel papel papel
papel papel papel papel papel papel papel papel papel papel papel
papel papel papel papel papel papel papel papel papel papel papel
papel papel papel papel papel papel papel papel papel papel papel
papel papel papel papel papel papel papel papel papel papel papel
papel papel papel papel papel papel papel papel papel papel papel
papel papel papel papel papel papel papel papel papel papel papel
papel papel papel papel papel papel papel papel papel papel papel
papel papel papel papel papel papel papel papel papel papel papel
papel papel papel papel papel papel papel papel papel papel papel
papel papel papel papel papel papel papel papel papel papel papel
papel papel papel papel papel papel papel papel papel papel papel
papel papel papel papel papel papel papel papel papel papel papel
papel papel papel papel papel papel papel papel papel papel papel
papel papel papel papel papel papel papel papel papel papel papel
papel papel papel papel papel papel papel papel papel papel papel

muito papel. uma chuva de papel. por um instante passa pela minha cabeça a ideia de que eu vou conseguir catar tudo aquilo só que bem nessa hora vem uma baforada de vento que espalha todos eles pela rua cobrindo tudo de branco. que bonito! penso. pássaros. uma grande nuvem de pássaros brancos que levanta voo e vai embora subindo subindo subindo cada vez mais alto e ao mesmo tempo vai ficando pequenininha pequenininha pequenininha até sumir por completo lá em cima no fundo do oceano azul royal do céu. entendi. era pros pássaros que o thor tava olhando na foto da vó. não posso voltar. penso. que se foda. esses três são uns filhos da puta. nunca vão me pegar!

Este livro foi composto em Minion Pro no papel Pólen
Soft para a Editora Moinhos enquanto *Isn't She Lovely*, de
Stevie Wonder tocava em uma única caixa de som.

*

Era setembro de 2021.
Com 30% da população vacinada, a média móvel no
Brasil era a menor desde dezembro de 2020.